奥兹国奇遇记

翡 翠 城

［美］弗兰克·鲍姆◎著

［美］约翰·R.尼尔◎绘

詹燕徽◎译

CHISO SINCE 1956 新疆青少年出版社

图书在版编目（CIP）数据

翡翠城 /(美) 弗兰克·鲍姆著 ; 詹燕徽译. -- 乌
鲁木齐 : 新疆青少年出版社, 2023.4
　　（奥兹国奇遇记）
　　ISBN 978-7-5590-9323-3

　　Ⅰ. ①翡… Ⅱ. ①弗… ②詹… Ⅲ. ①童话 – 美国 –
近代 Ⅳ. ①I712.88

中国国家版本馆CIP数据核字（2023）第066858号

翡翠城
FEICUICHENG

弗兰克·鲍姆 著　　约翰·R.尼尔 绘　　詹燕徽 译

出版发行	新疆青少年出版社有限公司
社　　址	乌鲁木齐市北京北路29号
电　　话	0991—6239231（编辑部）
经　　销	各地新华书店
印　　刷	天津融正印刷有限公司
法律顾问	王冠华 18699089007
开　　本	787mm×1092mm　1/16
印　　张	14
版　　次	2023年6月第1版
印　　次	2023年6月第1次印刷
书　　号	ISBN 978-7-5590-9323-3
定　　价	48.00元

新疆青少年出版社有限公司官网　http://www.qingshao.net
新疆青少年出版社有限公司天猫旗舰店　http://xjqss.tmall.com

CHISO 新疆青少年出版社

一直以来我都觉得在这本书的扉页上应当这样写："作者是弗兰克·鲍姆和他的小读者们。"没有错，在故事中，我采用了大量读者来信中的提议，这些好点子让我的灵感如泉涌一般源源不断。很久以前，有那么一段时间我很喜欢以"童话作家"这个称号来自诩，不过现在我才清楚，自己的定位应当是为孩子们服务的码字匠或者说就是他们的私家秘书。在故事中融入他们的意见、建议，便是我的不二使命。

这些小伙伴们的意见都闪烁着灵感和智慧的光芒，他们的思维充满趣味性又不失逻辑，所以我会寻找各种机会把它们用到我的作品里。我必须要承认，小读者们为我和我的故事带来了莫大的帮助，我欠大家一个人情。

说真的，这些孩子们个个都有着惊人的想象力和创造思维，他们的大胆和才华令我叹为观止，自愧不如。我深信，在不久的将来，他们中一定会诞生出优秀的童话作家来。在书里我又一次在多萝茜和她亲爱的亨利叔叔和爱姆婶婶身上颇费了一番笔墨，正是小读者们建议我这样做的。他们当然也给我提出了很多写作的主题，我当然也尽力照办了，并且为此还着实大费了一番功夫呢。我和我的小读者们形成了一种非常默契的合作关系，对此我深感自豪。想想吧，孩子们既是故事的读者同时又是它的创作者，这是多么美妙的一件事啊！和作者比起来，读者往往对作品的内容更有发言权，他们更知道自己想看到什么，所以他们把想法都一五一十地告诉了我，并且信任我能够令他们满意。这样的结果无疑实现了双赢，作品获得了极大的成功，出版商非常满意，我这个作者很满意，毋庸置疑的是，我的小读者们也一定非常满意。

亲爱的小读者们，真心祝愿我们的合作能够继续保持，我们的情谊能够一直延续。

弗兰克·鲍姆
1910 年于科罗纳多

目录
Contents

目录
Contents

第一章
矮子精国王大发雷霆

　　矮子精王国是在地下修建的，矮子精国王脾气很暴躁，他一发起脾气来，所有人都会躲得远远的，因为那个时候他是六亲不认的，就连平时跟他关系最好的侍卫首领卡利科也都退避三舍。

　　这一天，矮子精国王又在发脾气，他在偌大的、空旷的嵌满珠宝的地洞里又吼又叫，他越吼叫越生气，因为没有一个人配合他，他需要对着一个人发泄一下，希望在他的吼叫声里，那个人吓得瑟瑟发抖，不然他太没有成就感了。想到这里，他忽然跳到大铜锣前，使出浑身力气，镗镗镗——镗镗镗，把铜锣敲得震天响。

　　这时候，侍卫首领卡利科快步走了过来，他极力掩饰内心的畏惧。

　　"去，把大总管给我叫来，快去！"矮子精国王咆哮着。

　　卡利科接到命令后，一溜烟跑了，他的小细腿上面有着圆滚滚的肚子，但这不妨碍他逃命似的奔跑。不一会儿，大总管就已经来到国王面前。国王一看见大总管便马上吼起来："我的魔法腰带呢？你说，我的魔法腰带在哪里？可气死我了，我一停下来就想起我以前用魔法腰带施展魔法的事儿，现在我是只剩下想了，我的魔法腰带不见了，这怎么能不让人生气，怎么能不发脾气？我一发脾气就没法好好过日子了，你说，你快说，这事该怎么解决？"

"我的陛下，就有那么一些人，总是以发脾气取乐的！"大总管镇定地说。

"但不是总能找到乐子的，"矮子精国王说，"隔三岔五发个脾气还有人害怕，但是像我这样早晨发一遍，中午发一遍，晚上再发一遍，就没人害怕了，我也觉得很乏味，时间久了，我都找不到生活的乐趣了。你有什么好玩的事儿吗？"

"怎么说呢，如果你的懊恼全都来自不能施展魔法，而这份懊恼还会让你发脾气，可是发了脾气你又不快乐，那么，我只有一个主意——别再想着魔法腰带了。"大总管慢条斯理地说。

"什么！你这个笨蛋！"矮子精国王差点气得跳起来，他使劲揪着自己的两撇白胡子，疼得龇牙咧嘴地对着大总管大吼道。

"谢谢陛下赏赐的称号，我很喜欢。"大总管安静地说。

国王这下更暴跳如雷了，他踩着脚，把地板踩得砰砰响。

"卫兵！卫兵在哪里？"他歇斯底里地叫道，"把这个自以为是的家伙扔出去！快！"

卫兵们马上跑来了，他们手忙脚乱地抓起大总管，用铁链把他五花大绑，连扯带拽地把他抬起来，然后扔出洞外。国王不但没消气，反而更加暴躁了，他在洞里走来走去，根本就停不下来。

然后他又跳到铜锣前，镗镗镗——镗镗镗，铜锣被敲得震山响。卡利科只得又来听命，这回他再也忍不住了，吓得浑身颤抖，脸色苍白。

"去，把我的烟斗取来！"国王近乎号叫。

"可是它在你的手里，我的陛下。"卡利科颤巍巍地说。

"那就去取烟丝！"国王还是咆哮着。

"烟丝在你的烟斗里，陛下……"侍卫首领发抖地说。

"好，你就气我吧！去取火炭把烟丝点着！"国王仍然很生气。

"可是，它正在燃烧，你的烟丝还冒着青烟呢！"侍卫首领轻声说。

"哦？是这样吗？"国王因为发脾气都忘记自己在抽烟了，"可是你竟然胆大妄为地告诉我，我已经忘了这件事，你可知罪吗？"

"这是我的职责，我的陛下，我只不过是你的奴仆，随意听从你的调遣。"卡利科卑微地说。

矮子精国王再也想不出什么新花样了，于是他深吸几口烟，皱着眉头走来走去，忽然他又想到了什么一样，大声吼起来："卡利科，你胆敢以下犯上，你的国王如此不开心，你竟然还过得这样悠闲自在，这像话吗！"

"那我能问一下陛下，你因为什么不开心吗？"卡利科小心地说。

"魔法腰带，我的魔法腰带被一个叫多萝茜的坏丫头和奥兹国的奥兹玛偷走了。所以我不开心，太生气了！"国王说着，目露凶光，恨得牙根痒痒。

"可是，据我所知，她是在一次公平的较量中得到这条魔法腰带的。"侍卫首领偷看着国王，小心翼翼地说道。

"不管怎样，我只要我的魔法腰带，如果没有魔法腰带，我的魔法就少了一半，我不甘心！"矮子精国王恨恨地说。

"也不是没有办法，如果你想找回魔法腰带，就必须到奥兹国去，但是我劝你还是不要有这个想法。"侍卫首领打着呵欠说，他已经特别累了，因为他已经连续值了四天四夜的班了。

"为什么不能有这个想法？"国王不解地问道。

"因为那个国家在死亡沙漠的中心。凡是进入死亡沙漠的人都会尸骨无存。所以，陛下，我劝你还是不要再去想魔法腰带的事了。你的威力并没有减少太多，因为你的火暴脾气，所有矮子精王国的臣民都对你恭敬顺服，所以我觉得你现在应该喝一点银浆来稳定一下情绪，然后好好睡一觉，醒来你就会开心起来了。"卡利科诚恳地说。

矮子精国王可听不进去这些话，他随手拿起一块红宝石向卡利科的脑袋砸去。侍卫首领慌忙低头躲闪，红宝石擦着他的左耳朵直接打在门框上，

发出咣的响声。

"滚，你给我滚，我再也不想看到你。侍卫，侍卫，去叫我的布拉格将军来见我。"国王怒吼着。

卡利科逃也似的跑掉了，矮子精国王更加坐立不安，他在洞里踱来踱去，不一会儿，布拉格将军来了。

这位将军在矮子精王国也是以毒辣和严厉著称，他手下的五万名矮子精士兵个个生龙活虎、勇猛强悍，但是在他的麾下却百依百顺、恭恭敬敬，见到他就像见到了活阎王一样。但是布拉格将军看到矮子精国王暴跳如雷的样子，还是有点畏惧。

"好，好，你终于来了！"矮子精国王大声说道。

"是的，陛下，有什么吩咐？"布拉格将军回答。

"现在就出发，带着你的大军，进军奥兹国，把那里夷为平地，把我的魔法腰带抢回来！"矮子精国王迫不及待地说。

"你这是要送死去吗？"将军淡定地说。

"什么？！你要造反吗？敢这样说你的国王，你不想活了吗？"矮子精国王近乎疯狂地吼叫。

"不是我要造反，我的陛下，你不知道自己在做什么。"布拉格将军说着坐在一块削平的石头上，我觉得你现在应该冷静思考一下，最好站在墙角静默一分钟，这样你会变得清醒一点。"

矮子精国王环顾了一下四周，想找个东西扔布拉格将军，但是手边什么都没有，因此，他放弃了打布拉格的念头，脑子里想了想将军的话。"也许，"他想，"我有什么地方是说得有些过分了。"因此，他扑通坐在宝座上，把宝石镶嵌的宝座坐得咯咯响，他推斜王冠，挠挠耳朵，双脚也盘在身子底下，恶狠狠地看着布拉格。

"首先，"将军慢条斯理地说，"我们是没有办法穿过死亡沙漠的。其次，就算是侥幸穿过了，奥兹玛也会使用魔法击退我们的。假如你的魔法腰带还在的话，它会带着我们去那里，也会带着我们离开那里。但是现在它不在了。"

"是，我就是需要它，"国王又开始吼叫，"一定要把它抢回来。"

"我知道你的迫切，但是也得容我想想办法，看能不能有一个一举两得的办法，既能让你拿回魔法腰带，还不被伤害。"将军说，"据我所知，魔法腰带是被堪萨斯州的一个小姑娘拿走的，她叫多萝茜。"

"是的，但是后来她把魔法腰带留在了奥兹国的翡翠城，现在魔法腰带在奥兹玛公主手里。"国王沮丧地说。

"你是怎么知道的？"将军问道。

"我们的警探乌鸦探听得来的，他飞越了沙漠，到达了奥兹玛的王宫，亲眼看见魔法腰带就在奥兹玛那里。"国王的脸上有点儿痛苦。

"哦，原来如此，不过这倒给了我一个提醒，"布拉格将军说，"我们还可以想其他的办法去奥兹国，而不用穿越死亡沙漠。"

"哦？快说，什么办法？"国王急切地问，口水都喷到了将军的脸上。

"第一，可以从沙漠上空飞过去；第二，可以从沙漠的地下钻过去。"

将军说。

"哦，你简直太棒了，布拉格，你就是我唯一的将军，"矮子精国王激动得上蹿下跳，搓着手走来走去，"是的，我们可以从地下钻过去，别忘了，我们是地下的精灵，我们是打洞高手，对，就是这样，我要在沙漠下挖一条隧道，让它直接通到奥兹国的翡翠城，我们的军队也可以从这条隧道到达奥兹国，那时候就是我统治奥兹国啦。"

"别激动，陛下，别激动，不要盲目乐观。"将军及时打住国王的妄想，"虽然我们的矮子精士兵个个勇猛，但是我们想要占领翡翠城还是不现实的。"

"你说的可都是真的？"国王问道。

"当然，陛下，我不敢对你撒谎。"将军答道。

"那我们现在该怎么办才好？"国王说。

"我的意见是，放弃你攻打奥兹国，取回魔法腰带的想法，"将军说，"把所有的精力都用在治理我们矮子精王国上，要治理一个国家，我相信你

肯定有很多事需要做。"

"但是，我不甘心，我还是忘不了我的魔法腰带，我现在就要出发，把它抢回来。"矮子精国王又开始发作了。

"那我想看看陛下你要怎么样把它拿回来的。"布拉格冷静地说。

国王此刻真的是气到骨子里去了，他抢起他的手杖，对着布拉格就是一杖，手杖上的蓝宝石圆球重重地打在了布拉格的脑门上，布拉格将军连一声喊叫都没有留下，就命丧黄泉了。国王看都没看一眼，再次敲响铜锣，士兵们进来把布拉格将军的尸体扔了出去。

话说我们这位矮子精国王，他还有个大名，叫作"红烟火王"，从生下来就没有一个人喜欢他，他坏事做尽，但是却当上了国王。

现在他打定了主意要攻打奥兹国，占领翡翠城，把那里的奥兹玛和所有人变成奴隶。他为他的魔法腰带发了疯，一定要夺回魔法腰带。因为这魔法腰带对恶行昭著的红烟火王来讲，可是立下了汗马功劳，但是现在魔法腰带被多萝茜和奥兹玛拿走了，曾经的辉煌如今已不复存在，这使得矮子精国王更加憎恨多萝茜和奥兹玛，他发誓一定要报此仇。

可是，世界的那边，奥兹玛和多萝茜根本就不知道自己已经在别人的黑名单里了。事实上，她们甚至已经忘记了还有矮子精国王的存在，更别提任何因为此人而带来的危险了，她们每天过得那么开心，仿佛这个世界从来不曾有过黑暗。

第二章

亨利叔叔遇到麻烦

　　多萝茜和爱姆婶婶、亨利叔叔住在堪萨斯州①的大草原上，他们有一个很小的农场，但是收成不太好，因为天公不作美，在农作物最需要雨水的时候，偏偏一滴雨都没有。再加上天有不测风云，有一次，他们唯一的小木屋也被龙卷风卷走了，亨利叔叔为了盖新房子，不得不把农场作为抵押

_____

① 堪萨斯州位于美国中部。

去贷款盖房子。由于劳心劳力，亨利叔叔身体越来越不好了，根本就干不动活儿了。医生建议他出去旅行散散心，这样对他的身体有好处。于是亨利叔叔带着多萝茜去了一趟澳大利亚，这也是一笔不小的花费。

这样一来，亨利叔叔一年比一年贫穷了，而农场的收入微乎其微，养活一家人都成了问题，更别提还银行的抵押款了。他们收到了银行的最后通牒，如果再不交抵押款，农场便不属于他们了。

这件事让亨利叔叔更加忧愁，作为一个农民，如果没了农场，那是难以想象的。于是，他不顾身体的孱弱，没日没夜地在田里耕作，多萝茜帮助爱姆婶婶在家里打理家务，但即便如此，他们的日子还是没有起色。

多萝茜和所有那个年纪的小姑娘一样，天真善良而又单纯可爱。她红苹果一样的圆脸蛋上面长着一双黑溜溜的大眼睛。虽然生活给予多萝茜的幸福并不是很多，但是跟同龄的女孩子相比，她的经历却是无人可比的。

爱姆婶婶曾经对她说过，多萝茜肯定一出生就被神仙中意了，不然不会指引她去那么多稀奇古怪的地方，而且又毫发无伤地回来。但是亨利叔叔却不这么认为，他觉得多萝茜只不过和她逝去的妈妈一样，怀揣梦想，而她的那些历险经历，也只不过是小女孩的想象，他甚至觉得所有关于奥兹国的故事都是这个小女孩梦中出现的，这个小女孩太爱梦想了，以至于她自己都不知道这是不是一个梦。

可是，有一件事却是事实，就是多萝茜真的有几次离开了堪萨斯州，并且很久之后又回来了，回来之后就会讲述一些稀奇古怪的事情，说这是她的遭遇。亨利叔叔和爱姆婶婶虽然还是半信半疑，但是有一点是毋庸置疑的，就是每一次回来，多萝茜都会比上一次多一次历练，得到一些她这个年龄的女孩子所不能得到的经验和知识。

多萝茜的一些经历都跟奥兹国有关系，尤其是翡翠城和奥兹玛公主的故事。

奥兹玛是多萝茜的挚友，在多萝茜的叙述里，她是一个神仙一样的小姑娘。当多萝茜说到翡翠城的珠光宝气时，亨利叔叔总要感叹一番，因为他觉得哪怕翡翠城里用来装饰街道护栏的一块最平常的翡翠，只要被他拥有，他都不至于会丢了农场，还会解决他所有的困难。但是多萝茜从来没有往家里带过任何东西，所以他的困难还是找不到解决的方法。

后来，银行发来最后通牒，限亨利叔叔在一个月内必须还清所有贷款，不然他们就要被迫离开农场。亨利叔叔对目前的状况已经感到绝望，他不得已只能把这个消息告诉了爱姆婶婶。而爱姆婶婶除了哭也找不到任何方法。最后，他们只得面对现实，劝慰彼此要勇敢面对将来的日子，哪怕就是流浪街头，也要拿出勇气。爱姆婶婶最担忧的就是多萝茜，他们已经不能给她哪怕像以前一样的日子了，接下来的日子，或许多萝茜也要被迫出去给别人干活。

但是他们一直没有把这个消息告诉这个小女孩，他们不想让这个坏消息影响多萝茜的心情。一天清晨，多萝茜无意中看到爱姆婶婶在哭，而亨利叔叔陪在一边愁眉苦脸地安慰，在她的追问下，亨利叔叔不得已才把事情的真相告诉了她。

"我们要离开这里了，亲爱的，"亨利叔叔愁苦地说，"我很遗憾告诉你这些，接下来我们不得不一起去流浪了。"

多萝茜认真听着事情的来龙去脉，她竟然不知道亨利叔叔和爱姆婶婶已经到了山穷水尽的地步。

"我们倒是没什么，一把年纪了，也过惯了苦日子，"爱姆婶婶抚摸着多萝茜的脑袋，"但是，我怎么也不想让你跟着我们吃苦，你还这么小，一想到你不得不去给别人打工，我的心都碎了。"

"可是，我能做什么呢？"多萝茜好奇地问。

"你可以去给有钱人家刷盘子，或者当保姆照顾小孩。但是，我也不知道你到底能不能做这些，我和你亨利叔叔但凡能养活你，我们一定会送你去学校学习。只是我们年龄大了，怕是心有余而力不足了，怕是连工作都不好找呢。"

"什么？这太可笑了，"多萝茜笑着说，"我堂堂奥兹国的公主，就算在堪萨斯州，我也不可能去给别人打工啊。"

"公主！"亨利叔叔和爱姆婶婶异口同声地说。

"是呀，在奥兹国我被奥兹玛封为公主，而且，奥兹玛还让我住到翡翠城去。"多萝茜说。

亨利叔叔和爱姆婶婶对望着，他们不知道该不该相信小女孩的话。

"可是，你有办法回到那个仙境吗，我亲爱的多萝茜？"亨利叔叔问。

"当然了，我有办法。"多萝茜说，"那是件多简单的事啊！"

"那你怎么回去呢？"爱姆婶婶说。

"其实，奥兹玛每天在固定的时间，在魔法地图上就能看见我，无论在何地，我做什么，她都会知道。只要我在这个时间向她发出信号，她就一定会用魔法腰带把我接到奥兹国的，这神奇的魔法腰带还是我们从矮子精国王那里得到的。真的，只需要眨巴一下眼睛，我就能到达我想去的任何地方。"

多萝茜说完看着亨利叔叔和爱姆婶婶。他们俩都沉默了，显然他们在思考什么。

爱姆婶婶叹息道："如果你真的能去那个翡翠国当公主，那么即便我们的生活中失去了你，我们也能承受，因为在那里，你就不用受打工和流浪的苦楚了。"

"这不好说，"亨利叔叔说，"虽然，多萝茜说这一切都是真的，但是我还是担心这只不过是她的梦想，万一她找不到梦里的仙境，而是遇见凶险的事情，那样就太可怕了。"

多萝茜看着爱姆婶婶愁眉苦脸的样子和亨利叔叔花白的头发，哈哈大笑起来，但是她马上意识到，亨利叔叔和爱姆婶婶的担心和悲伤都是正常的，他们不相信有仙境也是正常的。她现在最应该做的就是想办法解决他们的困境，虽然她心里已经有了主意，但是她不想马上说出来，因为事情关系到奥兹玛，她首先得得到奥兹玛的同意才行。

所以，她只是说："今天，我就要去趟奥兹国，你们不要担心我。而且，在搬出农场之前，我一定会回来的。"

"我们马上就会搬出去了，"亨利叔叔悲伤地说，"我们不得不跟你说这件残忍的事情，因为我们知道这是瞒不住你的，如果你真的是你所说的奥兹国的公主，而且奥兹国能让你生活得好一些，那你就留在那里吧。"

当天，多萝茜带着她的小狗上了阁楼她自己的房间。这只黑色的小狗名叫托托，长着一双闪亮的棕色眼睛。他是多萝茜最忠实的朋友，多萝茜每次历险都会带着他。

多萝茜用不舍的眼神看着她生活过的地方，看着她那些普通的小玩意儿，那些已经洗得发白的旧衣服，它们好像是她的老朋友一样。她很想把这些带着回忆的东西包成一个大包裹带在身边，但是她知道，在未来的生活里，它们将不会派上任何用场。

她坐在一把椅子上，耐心地等待四点的钟声响起。托托也很安静地待在她身边，没有跑来跑去。

四点的时候，钟声刚刚响过，多萝茜给奥兹玛发出了信号。

亨利叔叔和爱姆婶婶也在楼下耐心地等待，他们带着怀疑，也带着期待，他们希望真的有多萝茜所说的那个世界，可他们又觉得那多半是小侄女想象出来的。

但他们还是盯着从多萝茜房间里走出来的唯一的楼梯，因为要离开这间木屋，这里是唯一的通道。他们等了很久，也没看见多萝茜下楼来，钟

敲响了四下之后，他们还是没有听到任何声响。

又过了半个小时，他们终于等不及了，于是轻手轻脚地爬上楼，来到多萝茜房门口。

"多萝茜，多萝茜。"爱姆婶婶喊道。

没有人回答。

他们轻轻打开房门。

一个人影都没有，不知道从什么时候开始，多萝茜已经不在这间屋子里了。

第三章

奥兹玛答应多萝西的请求

奥兹国的翡翠城是全世界最富丽堂皇的地方。

整个翡翠城几乎都是碧绿色的，因为大理石的建筑物上镶嵌了很多翡翠，切割整齐，而且制作精巧。所有的宫殿和房间也都极尽奢华，各种宝石点缀其间。红宝石像刚初升的太阳，蓝宝石像湖水，紫宝石如空灵的山谷，绿松石如宁静的潭水，还有各种各样的钻石，闪闪烁烁，璀璨异常。街上的装饰基本上都是翡翠，所以这座城市被称为翡翠城。

全城有九千多座房屋，住着五万多人。但是这个数目不是一成不变的。

沙漠中心的奥兹国，是一个天然的世外桃源，这里的人们安居乐业，这里的生活安逸和谐。奥兹人喜欢这里，因为没有打扰、纷争。

整个奥兹国有五十万居民，他们中有血肉之躯的人和物，也有各种各样奇异的人和物。但是他们无一例外地都在享受这世外桃源的幸福生活。

奥兹国的人从来不知道疾病是什么，因为他们从来不会因为疾病和衰老而死亡，他们只会因为意外而消失在这个世界上。但是这样的事少之又少。奥兹国没有贫富之分，钱在这里失去了它的意义。所有的财富都属于奥兹玛公主，所有人都是她的子民，她会保护、爱护他们。

在这里，所有的东西都是大家共有的，耕种得来的粮食都是大家平分的，每个人只要有需要的东西，就会有人满足，大家都会去为别人所需要的东西倾尽所有。吃的、穿的、用的，大家都是共享的。如果谁需要什么，他要做的，只是跟做这些的人说一声，那么马上就会得到了。万一有民间都没有的东西，公主也会慷慨解囊，满足臣民的任何需要。所以整个奥兹国，谁都不会为缺少什么而担忧，也不会为生活而奔波劳苦。

他们一天的一半时间是在玩乐，一半时间用来工作。人们在工作的时候也会把它当作乐趣，所以就算是干活的时候，他们也觉得是在享乐。没人监督他们干活要干到什么标准，也没有人指责和训斥他们，但是他们自己会尽自己所能把事情做到最好。

奥兹国是一个世外桃源，所以这里的居民也和别的世界完全不同。他们没有坏人，也没有自私和丑陋的人。他们每个人都很善良、平和、仁慈和宽容。他们爱戴最高的统治者——奥兹玛公主，心甘情愿为她做任何事情。

但是，再好的苹果树，偶尔也会有个烂苹果。再美的仙境，也会有让人不是很开心的地方。在奥兹国的南方边境，住着一群"铁头人"，他们没有胳膊和手，遇到危险的时候就用自己的头去攻击别人，他们的脖子像橡胶一样很有弹性，把头发射出去，又能收缩回来。但是他们并不主动去招惹谁，除非有人打扰了他们，或者想要侵占他们的领地。

茂密的大森林里，住着很多种巨兽，它们都很温和，从不伤人，只不过有一种野兽，长着虎头熊身，脾气不是太好，曾经还经常伤人，但是后来也差不多被驯服了，只是偶尔也会有一两只脾气不好的。

还有一种树，被称为"好斗树"，它们独霸着一座森林，只要有谁敢去打扰，它们就会垂下长长的枝条，把谁抱起来扔出很远。

这些不受喜欢的人和物都在奥兹国零星几处偏远的地方，就像一块白玉上的微小的瑕疵，反倒令奥兹国变得更加神秘起来。

这里曾经也住着两个恶女巫，但是她们都被打败并且消失了，所以，现在整个奥兹国就只剩下安宁和快乐。

奥兹玛公主统治整个国家已经很久了，她是历届以来最受欢迎的女王。她太善良又太美丽了，在这个世界上没人能匹敌。

多萝茜由于屡次冒险经历都跟奥兹国有关，所以见过很多次奥兹玛，于是她们就成了最好的朋友。美丽的女王还赏赐多萝茜公主的头衔，并且希望多萝茜能一直留在她的身边，可多萝茜想念亨利叔叔和爱姆婶婶，所以她不得不一次又一次回到堪萨斯州。

但是堪萨斯州马上就没有他们的住处了，亨利叔叔和爱姆婶婶已经山穷水尽，因此多萝茜再次来到奥兹国，她想请奥兹玛公主帮她一个大忙。

多萝茜通过发信号，已经从堪萨斯州的小木屋来到了美丽的宫殿，她在这里拥有一个自己的房间。奥兹玛拥抱着她问："亲爱的，你是不是有什么急事？我从魔法地图里看到你脸色不好，是不是有什么不开心的事？如果不是遇到什么难事，你一定不会这么着急给我发信号的。"

多萝茜愁眉苦脸地叹道："是的，奥兹玛，我这次遇到了点麻烦，哦不，比那更坏，我的亨利叔叔和爱姆婶婶遇到了大麻烦，他们到了绝境，没有办法了。反正只要还在堪萨斯州，他们的问题就没办法解决。"

"亲爱的，你别着急，坐下来，慢慢说给我听。"奥兹玛说。

"你知道的，亨利叔叔和爱姆婶婶的日子过得很贫穷，他们的农场也入不敷出。自从龙卷风把我和木屋带到这里来，亨利叔叔为了盖新房子，将农场抵押给了银行，现在马上就要到还款的时间了，如果到时候还拿不出钱来，农场就会被收走，而我和亨利叔叔、爱姆婶婶就会流浪街头。可是他们两个年龄大了，肯定找不到工作的，我为了养活他们就不得不去干活儿，除非……"

奥兹玛听着多萝茜的叙述，不由得心里有些难过，她紧紧握着好朋友的手，微笑着问道："除非什么？亲爱的。"

多萝茜沉默着，她考虑要不要说出这样的请求，因为事关重大。但是如果不说，那她真的没有别有办法了。

"奥兹玛，你知道的，"多萝茜最后还是开口说，"我其实很喜欢奥兹国，也想到这里来陪你，你知道我为什么不能来的，如果亨利叔叔和爱姆婶婶也能来，那我想，我们都会很开心的。"

"你当然是不能来这里的，"奥兹玛明白了多萝茜的意思，她笑着说，"我既然那么想让你来这里陪我，就只好也邀请亨利叔叔和爱姆婶婶来这里了。"

"哦，真的吗？奥兹玛，你真的会邀请他们来吗？"多萝茜开心地大声说道，"那你能用魔法腰带把他们接来吗？你可以在蒙奇金的领地或者温基人的领地给他们一小块农场吗？"

"事实上，"奥兹玛说，"我一直在想这个问题，你那么爱你的亨利叔叔和爱姆婶婶，他们一定也是非常善良的人。对于你爱的人，奥兹国的公主，我的多萝茜，你说，在奥兹国能没有地方给他们住吗？"奥兹玛为能给最好的朋友解决这件事情而感到很满意。

多萝茜知道奥兹玛一定会答应她的请求，因为她心里也一直这样祈祷着。所以她别提有多开心了。其实，就算是再难办的事，奥兹玛又何曾拒绝过多萝茜的请求呢！

　　"但是，亲爱的，你不能称呼我为'公主'，"多萝茜说，"因为将来我会和亨利叔叔、爱姆婶婶住在农场里，一个公主是不能住在农场里的。"

　　"多萝茜，小可爱，你放心吧，我是不会让你住在农场的，"奥兹玛甜美地笑着说，"在我的王宫里始终有你的房间，你要留在这里陪我。"

　　"可是，亨利叔叔和……"多萝茜有点犹豫。

　　"哦，亨利叔叔年纪大了，"奥兹玛还没等多萝茜说完接着说，"干活干了一辈子，我们不能再让他们受苦了，我会给他们找一处地方，轻轻松松地生活，不必做体力活。我们什么时候把他们接过来呢？"

　　"我对他们说的是，等农场被收回的前一天，"多萝茜说，"我答应他们，那个时候我会回到他们身边的。哦，应该是下周六……嗯，好像是。"

　　"为什么要等那么久？"奥兹玛说，"你又何必回到那个灰色的堪萨斯州，不如我们给他们个惊喜，直接把他们接到这儿来算了。"

　　"但是，奥兹玛，"多萝茜有点担心地说道，"或许他们还没有完全相信有奥兹国的存在，尽管我每次回去都会跟他们说。"

"等他们真正来的时候，就会相信了，"奥兹玛兴奋地说，"如果你告诉了他们，我们要用魔法腰带把他们接到这里来，他们一定会担心又紧张，不如我们直接把他们接来，再慢慢给他们讲明白原因。"

"我听你的，奥兹玛，"多萝茜开心地说，"与其让他们在农场等着人家来赶走他们，不如把他们先接到这里来，毕竟这里太好了。"

"那好，那明天一早，我就把他们接到这儿来，"奥兹玛说，"我会让吉莉娅·詹姆——我最好的侍女，给他们准备最舒适的房间。早饭结束，我就把他们带到你面前，如何？"

"那太好了，"多萝茜热情地拥抱着奥兹玛，"谢谢你，亲爱的。"

"好了，"奥兹玛拍了拍多萝茜的后背，对她说，"现在，我们应该出去透透气，去公园里走上一圈，然后回来共进晚餐。来吧，亲爱的。"

第四章
矮子精国王制订复仇计划

　　坏人之所以是坏人，是因为他们一旦想做某件坏事的时候，一定要做到底。矮子精国王自从产生了从地下钻到奥兹国，去摧毁翡翠城，奴役奥兹国的想法，就一刻都没有停止过对这件事的计划。而这位臭名昭著的红烟火王，越是计划这件事，就越是觉得这件事仿佛分分钟就可以实现了。

　　其实，当多萝茜发信号被奥兹玛接到翡翠城后，这个矮子精国王就召见了他的侍卫首领卡利科，他现在已经不那么每天大吼大叫了，因为他有更重要的事情要做。

　　"卡利科，布拉格死了，我封你为将军怎么样？"他问道。

　　"我觉得自己不能胜任。"卡利科果断拒绝。

　　"你说说原因。"红烟火王说着，已经把他那只带蓝宝石圆球的手杖拿在了手里。

　　"因为我只是你的贴身内侍，从来没有去过战场，对于打仗我一窍不通。"卡利科回答，他早已做好迎接国王一手杖的准备，"我打理洞中之事，易如反掌，轻车熟路，或许找遍全国，你也再找不到像我这样的侍卫首领，但是要论起作战闯关，你手下有许多可以冲锋陷阵的矮子精，他们远比我要熟悉得多。而且，你的将军经常被你扔出洞去，这一点使我更加不想做将军。"

"啊，你说的倒是有几分道理，卡利科，算你聪明，"矮子精国王的手杖不打算再扔出去了，"好吧，现在你去召集军队去地下广场集合。"

卡利科领命退去。过了一会儿，他就来通报说，大军在地下广场等着国王了。红烟火王走到了他的宫殿的大阳台上，俯视着熙熙攘攘的军队，只见五万名矮子精队伍整整齐齐，荷枪实弹，等候命令。

其实，这些矮子精士兵，平时都是一些铁匠或者挖矿的矿工。他们虽然没有参加过战争，但是每天抢着铁锤打铁和拿着锄头挖矿，已经把他们锻炼得结实强壮，只是他们的体型看起来有些怪异，个子矮矮的，长着宽而平的耳朵，带着圆滚滚的肚子，脚趾蜷曲。

　　如果战事需要，他们就都放下锄头和铁锤，成为一名战士。他们穿着岩石一样颜色的制服，训练有素。

　　红烟火王看着他的五万大军，满意的笑容荡漾在他干瘪的嘴角，虽然是笑，给人的感觉却仍然是阴森恐怖的。接着，他大声说道："布拉格将军由于开口顶撞我，让我很是烦心，所以我把他处理掉了。现在谁愿意接替他的位置，统领我的五万大军？"

　　"我愿意，"一个看上去非常灵敏的矮子精上校说，他有个外号叫"皱眉头"。他说着，走上前去，对着矮子精国王深深鞠躬，然后他说，"是我，陛下，我愿意。"

　　"我给你的任务是打通一条地道，通到奥兹国，摧毁翡翠城。我要征服奥兹国的全体臣民，我要奴役他们，并且把所有的珠宝都搬进我的地洞，重新夺回我的魔法腰带。你能做到吗？皱眉头将军？"矮子精国王说道。

　　"我不能骗你，陛下，这件事是万万做不得的，而且我也做不到。"皱眉头上校理智地说道。

　　"这就是你给我的答复吗？"矮子精国王拉下阴森的脸，对着左右的卫兵说，"把他拉下去，将他的肉一片片切下来，去喂七头狗。"

　　"遵命，陛下。"士兵恭敬地答道。他们跑下去，把刚刚上任的将军从台前拉走了。

　　这时候，矮子精国王又开始发飙了。

　　"你们都给我听着，"他吼道，"想要当我的将军，必须听从我的指挥和命令，如果谁再敢提出异议，就跟他是一个下场。那么，现在谁愿意勇敢地走上台前来，告诉我你愿意当我的将军。"

　　台下一片死气沉沉，甚至能听见细微的呼吸声，没有一个人敢再出去拿性命开玩笑。最后，一个胡子花白的老矮子精走了出来，矮子精们连忙让路，生怕他走不稳，倒下去。他走到队伍的前面，对矮子精国王说："陛下，我有几个问题想问，可以吗？"

　　"有什么想说的，你说吧。"国王说。

　　"奥兹国的人都是好人对吗？"老矮子精说。

“好得像好吃的苹果馅饼。”国王说。

“他们都过着开开心心的日子，对吗？”老矮子精又说。

“是的，他们开心地生活，每天都傻呵呵地笑。”

“他们生活得很知足和富裕对吗？”老矮子精说。

“是，一点儿不错。”国王说。

“那我问完了，陛下，”花白胡子矮子精说，“现在我敢确定我能够担任将军一职了，因为我看见好人我就不舒服，我看着他们过得舒心我就难过，我看不惯任何开心幸福的人。这就是我一直拥戴你的原因。请让我当你的将军吧，我有信心征服奥兹国，如果我做不到，就请把我的肉切成片，去喂七头狗吧。”

“太好了，我就需要你这样的人才。”矮子精国王兴奋地说，“快告诉我你的名字，我的将军！”

“陛下，我的名字叫嘎夫。”老矮子精说。

“好响亮的名字，过来嘎夫，随我来，我们应该好好策划一下了。”矮

子精国王说着，就对这五万士兵挥一挥手，继续说，"你们都给我听好了，以后嘎夫就是你们的将军，你们全都要服从他的命令，如果让我知道有谁不听他的话，就别怪我对他不客气。听到的就解散吧。"

五万大军齐刷刷转身离开了。

嘎夫随红烟火王来到了地洞里的一个密室，他活到这大把年纪，太了解这位矮子精国王了，要想跟他顺利交谈，就不能表现出一点怕他的样子。所以，他一进密室，就大摇大摆地坐在紫水晶椅子上，而且还把两只脚搭在了国王宝座的把手上。他竟然还掏出一支烟悠闲地点上，还把点烟的煤块扔到了国王的脚下，然后他使劲抽了一口烟，把烟圈直接吐在国王的脸上，这一系列动作把国王看得目瞪口呆，

"你怎么敢这样放肆，不知道我是你的国王吗？"矮子精国王恶狠狠地说。

"哦，我知道，"嘎夫镇定自若地说着，又吐出一串烟圈，国王那张脸被淹没在烟圈里，"我当然知道，可是我也知道，无论怎样，你现在是不能伤害我的，因为在五万矮子精里，只有我能帮你实现你的愿望。在那之前，我是不会受到丝毫损伤的，但是在那之后嘛……"

"在那之后又怎样？"矮子精国王打断他。

"在那之后，你那么开心，愿望得以实现，你肯定不会惩罚功臣。"嘎夫老谋深算地说。

"你说得有一定道理，"红烟火王说，"那么你想过万一失败后果吗？"

"那就只能把我切成薄片喂七头狗了，"嘎夫说道，竟然面无惧色，"但是，我既然答应你，就不会失手。你要知道，你最大的弱点就是考虑事情不够细致，而我会照顾到方方面面。以你的风格你会硬闯奥兹国，结果就是惨败而归，我却没那么鲁莽，我要有周密的计划才会出击，我会寻求很多盟军支持我们的矮子精军队。"

"你说的这些我不是很明白。"国王有点疑惑。

"那让我解释给你听，"老矮子精慢吞吞地说，"红烟火王，你想要征服的是一个美丽的国度，它是那么强大，那么固若金汤，虽然没有军队，也

没有将领，但是他们拥有一个举世无双的女王奥兹玛，女王的魔杖特别厉害。还有一个叫多萝茜的小姑娘，她拥有你的魔法腰带。隶属于奥兹玛管辖的还有北方女巫，那是一个好女巫，她操纵着空中所有的精灵。并且奥兹玛宫殿中还有一个了不起的魔法师，他手法高明，在外国还有很多人花钱请他表演。所以，陛下，攻打奥兹国真不是一件简单的事。"

"可是我们有庞大的军队。"矮子精国王叫道。

"是的，你是拥有五万矮子精士兵，"老矮子精说，"但是你别忘了，他们都只是地下的士兵，虽说他们不会死亡，但是他们也不会魔法。你失去了魔法腰带，已经失去了一大半法力，而剩下的，却没什么可用之处。单凭你和你的矮子精军队，想跟多萝茜和奥兹玛抗衡，那简直太异想天开了。"嘎夫说着，从国王的口袋里掏出手绢，擦了擦他自己的尖头皮鞋。

现在矮子精国王已经气得眼冒凶光了。"好，现在你就自己到切肉机里去吧！"他开始大吼。

"现在吗？我的陛下，"嘎夫说，"现在可不是时候。"说完他掏出国王的烟丝把自己的烟斗塞满。

"那你说，现在该怎么办？"国王忍住咆哮问道。

"我认为当前最重要的，就是先集合所有我们能集合的力量，"嘎夫说，

"好的势力是不行了，我觉得孤魂野鬼足可以摧毁奥兹国。我们只要把那些鬼魂拉拢到我们这边，让他们和我们一起攻打奥兹国，拿下奥兹玛和她的手下，我们就能成功。其实，只要你会运筹，这件事一点儿都不难。只是你要明白，只凭我们自己的力量是无法对付奥兹玛的，所以我们只能让恶势力联合在一起。"

红烟火王听了这个计划，大为满意，他终于明白嘎夫为什么不害怕他了。

"你真的是我最伟大的将军，嘎夫，"他双手扶住老矮子精的肩膀，眼睛里闪着兴奋的光，高声说道，"那还等什么，你赶紧去联系恶鬼，无论如何都要让他们加入我们。而我从现在开始要去挖地道了。"

"我就知道你会同意这个提议，红烟火王，"老矮子精说，"今天下午我就动身，去拜访恶鬼头子。"

第五章
多萝茜成了公主

　　翡翠城的人听说多萝茜来了，都急着觐见，多萝茜在翡翠城也是备受欢迎的。不仅仅是奥兹国的当地人，就算是通过不同方式来到奥兹国的外地人，第一次见到多萝茜也都成了她的朋友，而且都相处得特别好。只有一个外地人是有点例外的，多萝茜第一次见到他并不是很喜欢他。这个人就是奥兹魔法师，他原来在美国奥马哈的一个马戏团里，为马戏团驾驶热气球招徕客人，有一次热气球失控飘走，他就被热气球带来了奥兹国。他很会变戏法，奥兹国的人们是不知道戏法是怎么回事的，所以相信他是伟大的魔法师，但是他的骗局被第一次来这里的多萝茜揭穿了。所以他给多萝茜留下的第一印象就是个大骗子。后来随着对他的了解，多萝茜也没有最初那么厌烦他了，因为他毕竟是个好脾气的魔法师。有一次，为了帮助多萝茜回到奥兹国，魔法师自己坐着热气球离开了奥兹国，后来辗转又回到了这里，他还得到了奥兹玛公主的亲切招待。

　　除了这位魔法师，还有邋遢人和黄母鸡都被留在了这里。邋遢人在这

里帮助女王看管仓库；黄母鸡叫比莉娜，她住在奥兹玛王宫后面的大花园里，她还有十只小鸡。

他们俩都是多萝茜的好朋友，多萝茜在奥兹国的待遇仅稍逊于奥兹玛。因为她曾经消灭了两个恶女巫，解救了两个领地的人们免于恶女巫的统治和奴役。多萝茜还有个朋友是稻草人，稻草人曾经受魔法师相托代理了一段时间的翡翠城国王，现在也是人们拥戴的人之一。多萝茜还曾经跟稻草人一起，搭救了在森林里生锈动不了的铁皮樵夫，铁皮人现在是奥兹国温基人的皇帝，他有一颗善良仁慈的心，所有臣民对他都很尊敬。

凡是跟多萝茜打过交道的人，到最后都得到了好的结果，所以人们越来越觉得她会给别人带来好运。但是多萝茜能够有这么多朋友，能够创造这些奇迹，不是因为她本身具有魔法，或者有具备魔法的东西，而是因为她是一个诚实、善良、简单、纯洁的小姑娘，她对人友善，所以人们对她也很友善。在这个世界上，善良和简单就是一件无往不利的法宝。多萝茜拥有这个法宝，所以她能够创造奇迹，也会交到很多朋友。当多萝茜宣告不得不回到堪萨斯州的时候，整个翡翠城没有人不为此伤心。

这次她回来，受到了极大的欢迎，可除了奥兹玛之外，没有人知道她将永远地住在这里。

那天晚上来看多萝茜的人很多都是大人物：滴答人——一个靠发条说话、思考的机器人，办事最忠实可靠；多萝茜的老朋友邋遢人；还有南瓜人杰克，杰克是一个用木棒作身体、用南瓜作脑袋的人，他有一天被莫比女巫撒上了生命之粉，所以得到了生命；还有胆小狮和饿虎，这两只庞然大物现在都给奥兹玛拉金车；还有就是环状甲虫教授，他的全名很长，让人都记不清，他是整个奥兹国最最有学问的一个教授。他原本就是一只甲虫，在一间教室里生活，后来被人发现，并且把他变大了几十倍，结果他趁着变大逃跑了，从此就再没有变小过。他因为生活在教室，饱读诗书，所以肚子里的墨水很足，没人能比得了。

多萝茜见到这些老朋友很是开心，她与他们秉烛夜谈，连魔法师，她都跟他聊了很久。魔法师虽然很老了，是个干瘪的老头，但是他的性格活泼，还像个小孩子。后来比莉娜和她的小鸡们围着多萝茜说个不停。

多萝茜的小狗托托这时候也很受欢迎。托托认识这里的每个人，也跟这里的每个人都是朋友，因为在奥兹国，如果动物很守规矩，那么动物也会受到礼遇。

在翡翠城，多萝茜公主有四个房间，这些都是她的专属房间，每次她来这里都住在里面。他们给这几个房间起了个名字——多萝茜的专属房。

这四个房间包括休息用的起居室、化妆用的梳妆室、睡觉用的卧室和洗澡用的浴室。在这四个房间里，囊括了天下所有精致的东西，只要是多萝茜能用得上的，这里应有尽有。衣柜里挂满了各式各样的衣服，都是多萝茜的尺码，还有许多女孩子喜欢的小玩意儿。这里跟堪萨斯州真是天壤之别，多萝茜喜欢这里的一切，以前每次回去，都是因为她想念亨利叔叔和爱姆婶婶。

现在情况发生了改变，在不久的明天，多萝茜将与亨利叔叔和爱姆婶婶在翡翠城里重逢，他们就要来这里跟多萝茜一起分享幸福无忧的生活了。这让多萝茜开心起来，因为她从此以后再也不用回到那个灰色的大草原了，能跟亨利叔叔和爱姆婶婶分享幸福，那真是人生一大乐事。

第二天清晨，奥兹玛吩咐侍女告诉多萝茜要穿上最美丽的衣服。所以她穿了一件蓝色绸缎的裙子，上面缀满了珍珠，就连鞋子上的扣子也都是珍珠做成的。她还把一个珠光宝气的王冠戴在了头上。整个人看起来真的大不一样了。

"亲爱的，如果你一直要留在这里的话，"奥兹玛说，"就请你要保持自己公主的身份，以后在穿衣服上一定要多加修饰，这样不仅合乎你的身份，而且也会让你看起来更受欢迎。"

"好的，奥兹玛，我听你的。"多萝茜说。

其实，多萝茜心里清楚，就算是再好的服饰和珠宝，也不能掩盖她天真、纯洁的性格。

她们一起吃了早餐——今天的早餐是在奥兹玛的餐厅进行的。吃完早餐，奥兹玛说："亲爱的，我们现在就要用魔法腰带把你的叔叔和婶婶接过来了，但是我觉得咱们俩还是坐在招待贵宾的待客室比较好。"

"不，他们不是贵宾，"多萝茜连忙说，"他们只是和我一样的平常人。"

"可是，你在我眼中就是尊贵的公主，"奥兹玛说，"你并不平常。"

"可是，奥兹玛，一定要这样吗？他们……他们看到那些奢华的装潢和家具会不知所措的，"多萝茜认真地说，"你的那个豪华的接待室会让他们不安的。不然我们就去后花园怎么样，比莉娜的小鸡们在追逐打闹，还有成片的菜园。这些东西都是他们熟知的，他们或许会容易接受。"

"不，那不是待客之道。"奥兹玛肯定地说，"他们得在接待室见我。"多萝茜明白，这样的口气是不容置疑的，所以她也就没有再说什么。

于是他们来到了招待室，这是王宫里最为奢华的房间之一，因为来往宾客都要在这里被接待。

圆圆的屋顶下，有一张宝石的座椅，真金打造，上面镶嵌着五光十色的宝石。这些宝石足够一个珠宝店维持几年的生意。

奥兹玛拿着魔法腰带坐在宝座上，多萝茜坐在她的身旁。待客室里都是达官显贵，个个珠光宝气，富丽奢华。两只巨兽——胆小狮和饿虎蹲在宝座两旁。王宫的乐队在吹奏轻柔的乐曲，乐队旁有清澈的喷泉，喷泉溅出来的水花又重新落回到大理石水池里，散发出缕缕清香。

"多萝茜，准备好了吗？"奥兹玛问道。

"我没问题了，"多萝茜有些担忧地说，"但是不知道亨利叔叔和爱姆婶婶准备好了没有。"

"这点你不要担心了，"奥兹玛说，"等到这里以后，他们自然会明白，堪萨斯州对他们已经没有意义了。"

她话音刚落，亨利叔叔和爱姆婶婶已经来到了宝座前面。他们吓得不知道如何是好，完全一头雾水，像两只被雷声吓到的鸭子。如果那些贵宾们不是身份尊贵、懂得礼节和克制，他们此刻一定会哄堂大笑。毕竟这两个外人此刻的形象太过滑稽。

爱姆婶婶完全是一个村妇的打扮，穿着她那条粗布印花的裙子，还系了一条洗得发白的格子围裙，头发完全没有梳理，乱蓬蓬的，脚上趿拉着亨利叔叔的旧拖鞋。她左手拿着一块破抹布，右手拿着擦了一半的缺了一个口的陶盘子，她正擦着擦着就被带到这里了，所以她完全呆住了。

亨利叔叔当时正在谷仓里收拾仓囤子，所以他戴着一个破草帽，穿了一件没有领子的衬衫和一条粗蓝布裤子，裤腿还随意地塞在旧长靴里，头发上都是灰尘。

亨利叔叔最先反应过来，他大声喊道："天哪！"然后就张着嘴四处张望着。

"老亨利，你快看，"爱姆婶婶像一只母鸡一样用喉咙咕咕地说话，"那宝座旁边的公主像不像——咱们那可怜的——多萝茜？亨利，你看看。"

"回来，爱姆，没看到宝座旁的两只巨兽吗？你不想活了吗？"亨利叔叔一把拉住想要去辨认的爱姆婶婶。

此刻，多萝茜再也克制不住自己的情感，她跳下座位，奔下来，拥抱着亨利叔叔，又拥抱着爱姆婶婶，拉着他们的手，亲了又亲。

"别害怕，叔叔婶婶，"她安慰地说，"你们不要怕，这里就是我常常跟你们提起的奥兹国啊。你们再也不用回到堪萨斯州那个灰暗的大草原了，我要你们和我一起，在这里开开心心地过日子，再也不要为了银行贷款而烦恼了，因为伟大的奥兹玛公主已经同意让你们陪我住在这里了。"

说着，她拉着爱姆婶婶和亨利叔叔的手，来到奥兹玛面前。

"亲爱的陛下，这位是我的亨利叔叔，这位是我的爱姆婶婶，他们对你的善举表示真心的感谢。"

爱姆婶婶此刻用手整理了一下凌乱的头发，把抹布和盘子藏在了围裙下面，对着奥兹玛深深鞠躬致谢，亨利叔叔只是摘掉了帽子，拿在手里，不知所措地站在那里。

美丽的奥兹玛公主款款走下宝座，对他们笑着，这笑容让所有人的心都融化了，她亲切地柔声说："我十分开心你们的到来，是多萝茜让我这样做的，我希望你们能够喜欢这里。"说完，她转身对那些大臣们说："现在到来的两位，是我们多萝茜公主的亨利叔叔和爱姆婶婶，我希望各位以后能够尊敬并且用心照顾他们，要使他们在这里比在堪萨斯州更加快乐，这样我才能开心。"

听了这番话，朝臣们都深深对着多萝茜的叔叔婶婶鞠躬，还没有完全清醒的两人也都点头还礼。

"好了，你们都退下吧，现在，多萝茜要带着你们两位去看你们的房

间，"奥兹玛说，"我希望我的安排能让你们满意，并且还请你们能够与我一起共进午餐。"

于是，两位老人道了谢，就跟随多萝茜走出了待客室。一出待客室的门，爱姆婶婶看到只剩他们三个人的时候，拉着多萝茜说："这一切都是真的吗？我可爱的孩子，我到现在还没有明白这是怎么回事，我们是怎样过来的，为什么这么快，我们真的可以留在这神奇的地方，长久生活下去吗？"

多萝茜大声地笑着。

"坏孩子，你还笑，你为什么不提前告诉我们一声，也让我们有个准备，"亨利叔叔为刚刚在待客室的尴尬有点纠结，"我要是早知道，肯定就把我上周末穿的衣服拿出来穿了。"

"等到了你们的房间，我再仔细跟你们说吧，"多萝茜笑着说，"咱们的运气都非常棒，我们终于可以一起生活在这里了。"

亨利叔叔还是有点心事重重，他摩挲着他的小胡子说："多萝茜，我们没办法跟那些人平起平坐。"

"是啊，你看我的头发，像个鸡窝似的。"爱姆婶婶担忧地说。

　　"这不是问题，"多萝茜宽慰他们说，"爱姆婶婶，以后你的任务就是负责把自己打扮得漂漂亮亮的，再也不用做那些辛苦的工作，把自己累成这个样子了，亨利叔叔也是一样。"

　　"什么？你说的都是真的？！"他们吃惊地问道。

　　"当然了，"多萝茜说，"奥兹国里的每个人都不用太辛苦，他们每天过得很开心，现在你们来到了这里，当然也要成为其中的一员了。"

第六章

嘎夫拜访怪头鬼

　　新任矮子精将军嘎夫清楚地知道，他所给出的计划一旦失败，那他的生命也就走到了尽头，但是他却一点儿也不为此着急。他嫉恨每一个好人和每一件好事，他希望每个人都闷闷不乐。所以他接受这个任务并不是因为头衔的诱惑，而是觉得更加适合他而已。他知道自己为这个任务一定会

坏事做绝。他一定要摧毁翡翠城的和善，用邪恶统治他们。

但是他有着谨小慎微的做事风格，他绝对不会像有勇无谋的矮子精国王一样，硬闯硬拼，他必须等事情都准备充分了，才去采取行动。

矮子精国王的领地在埃夫国的北方，从埃夫国穿越沙漠，就能达到奥兹国的东部。所以矮子精国王决定从这里挖一条隧道，这样就能直接到达奥兹玛的领土翡翠城。其实离他最近的奥兹国领土不是翡翠城，而是温基人的领地，可是他不想先到达温基人领地，因为这样会打草惊蛇。他怕奥兹玛得到消息后，提前做好准备，那要比出其不意地攻打难度大多了，所以他决定挖一条足够通往翡翠城的隧道，然后在对方毫无防备的时候攻破城池。这样他征服奥兹国的梦就实现了。

红烟火王命令一千名矿工放下其他的工作，统统参与到挖隧道的行列，矮子精们从来都是生活在地下，挖起隧道来轻车熟路。这样一来，红烟火王的隧道以突飞猛进的速度在向前挖掘。

而此时，嘎夫已经去见怪头鬼了，而且他是只身前往。

怪头鬼们很少出动，他们都深居简出，隐蔽在属于自己的领地里。

怪头鬼之所以得名，是因为他们长着奇怪的小头，这头大概和门锁上的圆头把手差不多。怪头鬼们特别懊恼自己的这副模样，所以他们就用纸板做了个大头绑在自己的小头上，然后用羊毛做了头发粘在纸板上，染成各种颜色，最受他们青睐的是粉红色、碧绿色和浅紫色。

这个大纸板上的假头可以是任何形状，任何类型，只要是自己喜欢，就可以随便画成什么样子，所以他们每个人都不大相同。戴着这些奇形怪状的假头，看起来是那么愚蠢可笑，因此，他们被称为"怪头鬼"。他们以为这样就没人知道他们真正的头有多小，还以为自己戴着假头是多么帅气和美丽呢。

怪头鬼们因为头很小，所以脑容量也就没多大，这样一来，他们几乎没有智商，怪头鬼的老大之所以被选作老大，或许是因为他稍稍比别的鬼聪明，稍稍懂得一点儿治国方法吧。怪头鬼有一个特点，就是他们是打不死的。人们对这些恶鬼特别没办法，虽然讨厌他们，憎恶他们，却也没有任何办法，这些恶鬼打起仗来不要命，而且身体强壮，就算是战败了，他们也都完全不明白这件事，还会一直打下去。

矮子精将军嘎夫就想利用怪头鬼的这一特点来打败奥兹国的奥兹玛。因为只要他指挥怪头鬼让他们别停下来，一直打下去，就一定有机会能取胜，所以他不惜一切代价一定要取得这个群体的支援。他来求见的这个怪头鬼的首领，住在一间挂着怪异的假头画像的屋子里。

这个怪头鬼的首领假头发是蓝色的，假头上画着朝天的大鼻子、血盆大口、绿色的大眼珠子，看起来特别惊悚。在假下巴中间有两个小小的不起眼的小孔，那里才是真正的眼睛，是他看外界的通道。

嘎夫开门见山地对怪头鬼首领说："我是矮子精王国的嘎夫将军，最近我们矮子精王国的魔法腰带被奥兹国女王奥兹玛偷走了，所以我们要去夺回魔法腰带，并且打败奥兹玛，征服她的国家。你们愿意与我们结盟前去吗？"

"要打仗吗？"怪头鬼头子说。

"是的，要打场恶仗。"嘎夫说。

这句话刺激了怪头鬼头子，他马上兴奋起来，在他那间阴森森的屋子里连续蹦了几圈。然后把他的假头扶正，坐在椅子上，忽然说："奥兹国女王奥兹玛与我们并没有宿怨。"

"可是你们难道想要放弃这个打仗的好机会吗？"嘎夫抓住了怪头鬼的要害，察言观色地激将。

"等我唱完一支歌再说吧。"怪头鬼头子说，于是他就开始咿咿呀呀地唱起来，嘎夫觉得一点儿也不好听，但他还是耐着性子听完了那只怪物的乱吼。他小心地对着怪头鬼的假脑袋，尽量不去看那下巴中间的贼溜溜的小眼睛，虽然他知道那只怪物正用真眼睛看着他。

"那么，我们帮你去攻打奥兹国，我们的好处是什么呢？"怪头鬼头子终于谈条件了。

嘎夫等的就是这个，他来的时候早已把这件事打算好了，于是他胸有成竹地说："这点你放心，等魔法腰带到手，我们的红烟火王已经对我承诺，他会把你们肩膀上这个假纸头换掉，换成一个跟这个纸头一般大的头，而且比这个还漂亮。这样你们就永远不必再用假头掩盖小头之耻了。"

"什么？你说的可是真的？"怪头鬼头子有些心动了。

"这还有假，说到做到。"嘎夫一副自信满满的样子。

"那好，我会跟我的手下说的。"怪头鬼头子说。

于是他马上召集群鬼开会，把矮子精将军的话复述了一遍，可想而知，这些愚蠢的家伙一阵欢呼，然后马上双手赞成去奥兹国抢回魔法腰带，帮助矮子精王国占领奥兹国。

"可是我有点儿担心，万一魔法腰带抢不回来，那么，我们岂不是白白帮他们做事了？"只有一个怪头鬼还稍微冷静一点儿，冷不防来了这句。

但是这样一瓢冷水自然是不受欢迎的，大家都还在兴头上，所以想都没想他说的话，就把他扔进了河里。等他挣扎着浮上来时，纸头已经完全坏掉了，只剩下一个小圆脑袋在宽大的肩膀上，还湿漉漉的。他的同伴们还大笑了一番。

协议达成了，结盟成功，在这么简单的条件下，怪头鬼们就全部归顺了矮子精王国，可见有个正常大小的脑袋有多重要。

但是嘎夫并不满足，他还要争取更多的力量，那样才会有更大的把握。

第七章

爱姆婶婶收服狮子

"快来看看，你们的屋子在这里。"多萝茜推开了一扇门。

"快，找个地方让我擦擦脚上的泥土。"爱姆婶婶被眼前的一切惊呆了，她做梦也想不到今生还可以住在这样的房子里。

"婶婶，不用了，你这双旧鞋子马上就可以换掉了，"多萝茜笑着说，"不要紧张，这就是你们自己的家了，快进来啊。"

爱姆婶婶犹豫地看着亨利叔叔。

"这简直是全国最大的旅店呢！"她大声称赞着，"这里真的是我们要住的地方吗？孩子，有没有阁楼什么的，收拾出来，我们可以住在那里，那样我们才会更加心安。"

"这里可是奥兹国，"多萝茜更正道，"婶婶，你们必须要待在这里，因为奥兹玛吩咐过，不能让你们再受一点儿苦。而且王宫里都是这么豪华的房间，这里还不是最好的。婶婶，你就放心住吧，在奥兹国，无论是谁，都需要学会享受生活，高雅地活着，你得慢慢习惯。"

"这可有点为难我了，"爱姆婶婶说，"不过，人的适应性也很强，只要给我时间，慢慢就会习惯的。对吧，亨利？"

"这个问题我是这样看的，"亨利叔叔说，"随遇而安，随遇而安，什么都不要去追求和要求。我曾经经历过一些事情，但是你不一样，所以你会诧异。"

多萝茜拉着他们参观每一个房间。第一个房间是起居室，挨着窗户的就是香味扑鼻的玫瑰花园。接下来是卧室，是由一个浴池隔开了两个卧室，一个是亨利叔叔的，一个是爱姆婶婶的。最后一个是爱姆婶婶的化妆室。多萝茜把衣橱打开，里面的华贵衣服让爱姆婶婶惊讶得张大了嘴巴。而且，几乎所有梳妆要用到的小东西都在抽屉里，就连梳洗工具都是金色雕花的。

亨利叔叔的衣橱也是满满的，最流行的蒙奇金样式的西装就有九套之多，还有成套的短裤、短袜、长丝袜和皮鞋，鞋子的纽扣都是珠宝做的。各种各样的帽子整齐地挂在那里，彩色的、纯色的、宽帽边的、帽边上装饰着饰品的，一应俱全。最别致的是他的衬衫，都是上等亚麻料子，荷叶边的领子在胸前，就连西装背心上面都是彩色绣花。

亨利叔叔比爱姆婶婶冷静多了，他安静地接受了上天降临的好运，他决定先把自己洗干净，然后挑选自己喜欢的衣服，让自己也改头换面。他

做好了享受生活的准备，但还是拒绝了仆人伺候。他更愿意自己享受这一过程。

爱姆婶婶却紧张到无法独自完成这一切。加上多萝茜在内的一共四个人帮她做完这一切。其他三个人分别是吉莉娅·詹姆还有她带来的两个侍女。她们帮她选衣服、梳头发、选鞋子和饰品，鼓捣了很长时间，才把她打扮得"像只鹦鹉"，这是爱姆婶婶对焕然一新的自己的评价。她们帮她选的任何一件东西，她都要去大加赞叹一番，而且感叹这样好的东西给一个乡下老太婆用，简直太浪费了。是的，她怎么也不敢想象自己有一天会享受此等幸福。

最后，她站在大衣镜前，完全认不出自己了。亨利叔叔穿着一套蓝色绸缎的西装，在屋子里像模像样地踱着。他的脸已经修过了，胡须和头发都很整洁，这位老人看起来风度翩翩。

"多萝茜，"亨利叔叔问道，"难道这里的所有男人都这样穿衣打扮吗？"

"当然了，"多萝茜回道，"除了稻草人和邋遢人、铁皮人和滴答人，他们分别是稻草填塞的、天生邋遢的和金属制造的，剩下的所有男人，只要是在奥兹国里出现的，就都是这样的打扮，有些比这还要讲究。"

"哈哈，亨利，我感觉你像在演戏。"爱姆婶婶笑着说。

"你以为自己就能好到哪里去吗？爱姆，你好像孔雀呢！"亨利叔叔回敬道。

"你说得太多了，"爱姆婶婶说，"但是有什么办法呢，上流社会就是这样折磨人。"

多萝茜听他们俩插科打诨地开玩笑，真是太开心了。

"好了，现在我带着你们去王宫各处转转吧，让你们对这里的一切也都熟悉熟悉。"多萝茜说。

"那好，亲爱的。我们就这样跟你去逛逛吧！"爱姆婶婶愉快地说。

多萝茜领他们去了好多个美丽的房间。她也把他们带到了自己的房间，其实离得并不远。

"亨利，我们以前错怪多萝茜了，"爱姆婶婶说，"原来她说的一切都是真的，这一切都是真正存在的，而不是她的梦想。但是你故事里的那些主角都在哪里呢？"

"对呀，我想去看看那个稻草人。"亨利叔叔说。

"他不在翡翠城内，他去了温基人的领地，也就是铁皮人那里，"多萝茜说，"现在铁皮人是温基人的皇帝。但是等他回来了，一定会来看你们的，而且你们也一定会喜欢他。"

"那么，那个神奇的魔法师呢？"爱姆婶婶问。

"一会儿吃午餐的时候，你们一定会看见他，他没有去别的地方，一直住在王宫里。"多萝茜说。

"南瓜人杰克呢？"亨利叔叔又问道。

他住在城外的一个郊区，也不太远。他现在自己种了一大片南瓜田，等过两天，我带你们去拜访他，还有环状甲虫教授……午餐的时候应该有邋遢人，还有滴答人，我现在可以带你们去黄母鸡比莉娜的家里，她有十只可爱的小鸡，都叫多萝茜。"

于是他们沿着美丽的曲曲折折的花园甬道，来到了一个小木屋前，黄母鸡正在廊前享受温暖的阳光。

"你好啊，多萝茜，"比莉娜走下台阶欢迎多萝茜他们，"我正在琢磨你是时候该来了，然后你就来了。这两位是亨利叔叔和爱姆婶婶吗？"

"是的，比莉娜，我这次回来就永远不走了，"多萝茜兴奋地说，"亨利叔叔和爱姆婶婶也跟我一起，不走了，现在他们已经是奥兹国的成员了。"

"哦，那真是天大的好事，"比莉娜说，"世界上再也找不到哪里比奥兹国还要好。恭喜你们一家团聚。现在跟我来吧，去看看我那些可爱的多萝茜们。她们现在可都是神气活现的母鸡了。只不过有一只在奥兹玛的生日宴上受凉死掉了，可怜了我的小多萝茜。不过剩下的九只里有七只小母鸡，还有两只竟然是小公鸡，所以我不得不把他们俩的名字改成多尼尔。不过所有小鸡戴在脖子上的牌子都是"多"，因为无论是多萝茜还是多尼尔，都是这个开头。你还记得吧，多萝茜们的牌子里还有你的照片呢。"

"你的小公鸡叫啥？多尼尔？"亨利叔叔感兴趣地问。

"对呀，我现在有七只多萝茜和两只多尼尔，"黄母鸡无比骄傲地说，"七只多萝茜又有八十六个孩子、三百多个子孙。"

"啊！这真是一个大家族，"多萝茜惊讶地说，"那么这些孩子该怎么命名呢？亲爱的。"

"哦，这个简单，都叫多萝茜和多尼尔，只不过前面加个'小'或者'小小'来区别辈分，我觉得这样非常明智，省得费力去记他们的名字，而且我觉得多萝茜和多尼尔是最棒的名字。"黄母鸡侃侃而谈。

"不过现在有点麻烦的是，我们的家族在一天天壮大，每天要生产那么多鸡蛋，奥兹玛现在都不知道怎么处理这些鸡蛋了。你知道的，奥兹国是从来不伤害鸡和吃鸡肉的。所有的生物在这里别提有多开心了。我作为奥兹国所有鸡的头领，是他们的祖辈。"

"那你简直太有成就感了，你是最了不起的。"亨利叔叔说，他为一只能够说话和思考的母鸡感到吃惊，所以一直很有兴趣地与之交谈。

"是的，先生，我很自豪。"黄母鸡说道，"我拥有你们都没有见过的最宝贵的珍珠项链，你们可以过来看看，还有九只脚镯和一个钻石胸针。这些我平时都不怎么戴，得等到有大事情的时候才拿出来呢。"

于是他们跟着母鸡进了她的房间，这个屋子整洁干净，但是他们没办法找到座位，因为屋子的座位都是银制的栖木。他们站在那里，看着黄母鸡把珠宝一个接一个拿出来。

然后他们去参观了多萝茜和多尼尔的房间，九只黄色的鸡看起来都很健康、幸福，他们都很懂规矩，也很有家教，因为比莉娜看重这一点。

院子里都是小多萝茜和小小多萝茜、小多尼尔和小小多尼尔，他们大小不一。在正中央有五十多只毛茸茸的小鸡正在上课，他们的老师是一只戴金丝眼镜的年轻母鸡，他们正在学习语法和品德。看见了客人，他们全体起立唱了一首国歌。爱姆婶婶对这些小鸡印象尤其深刻。

多萝茜被这些小鸡们所吸引，很想在比莉娜的家里多玩上一会儿，但是亨利叔叔和爱姆婶婶却还想熟悉一下这里的新环境，所以多萝茜说："你们自己去散散步吧，好吗？我要在这里玩一会儿，你们要是逛累了就自己回房间去，午饭的时候我会到那里找你们。"

于是亨利叔叔和爱姆婶婶就自己顺着后花园散步，多萝茜知道他们不会走丢的，因为王宫被镶着翡翠的绿色大理石高墙围住了。

亨利叔叔和爱姆婶婶从来都不敢想象，他们有一天还会过上这种日子。他们吃苦吃惯了，现在不仅有漂亮衣服穿、舒服的房间睡，还有人服侍他们，并且每个人都对他们恭恭敬敬。这幸福来得太突然了，以至于到现在他们都还不敢心安理得地享受。

他们就这样走着，看着周围仙境般的景致，真是感慨良多。他们在拐过一个弯儿的时候，看见一个高高的树篱笆，中间正好有个缺口，他们觉得好奇，就直接走了过去。但是他们刚刚跨过缺口，就看见不远的草地上一只雄狮卧在那里，正盯着他们看呢。

"天啊，天啊，亨利，一只狮子，救救我！"爱姆婶婶最先看到了那只狮子，她吓得脸色发白，回头把亨利叔叔的胳膊死死地抓住，声音都在发抖。

"爱姆，你觉得我能打过这只巨兽吗？"亨利叔叔的声音也变了，"你看他那样子，就算咱俩都被他吃了，估计也不能填饱他的大肚子。我要是有支枪多好……"

"枪，你的枪呢？亨利，你的枪呢？"爱姆婶婶有些语无伦次了。

"我从来都没有枪，爱姆，你别太紧张了，既然要死，咱们就死得有尊严一些，我就知道咱们的好运不可能这么轻易就得到。"亨利叔叔故作镇定地说。

"不，我不能死，更不能被狮子吃掉。"爱姆婶婶发疯似的喊道，忽然她想到了什么，放低声音说，"亨利，我听说猛兽都害怕人的眼睛，我想试着盯着这只狮子，看他到底能不能被我吓退，或许这样可以让我们活下来。"

"好吧，那还等什么，爱姆！"亨利叔叔也低声说，"用你的眼睛死死盯着他，就像我回家晚了，你盯着我那样。"

于是爱姆婶婶对着狮子拉着一张脸，眼睛里冒出仇恨的怒火，她使劲盯着狮子，狮子这时候真的有些不安起来。

"你有什么事吗，太太？"狮子尽量平和地问。

"什么？他会说话，亨利。"爱姆婶婶眼睛没动，用喉咙跟亨利叔叔说道，亨利叔叔这时候忽然想起了他刚刚在接待室见到的胆小狮。

"没事了，爱姆。"亨利叔叔说，"快把你那猎鹰一样的眼睛挪开，他不会伤害我们的，他是多萝茜经常给我们讲的胆小狮。"

"哦？亨利，你确定吗？"爱姆婶婶松了口气。

"他一张嘴说话，我就知道是他，而且你看他刚才害羞不安的样子，我确定就是他。"亨利叔叔自信地下结论。

"你是多萝茜的朋友吗？"爱姆婶婶小心地询问着，"难道你就是胆小狮？"

"是我，太太，"狮子温和地说，"我和多萝茜是老朋友了，我们是那么互敬互爱。你应该知道的，我是森林里的百兽之王，我和饿虎都是奥兹玛的御前侍卫。"

"对，我听多萝茜说过，"爱姆婶婶说，"不过百兽之王不应该胆小。"

"这句话我听着耳熟，"狮子伸了伸懒腰，又打了个呵欠，露出一口锋利的牙齿，"其实我每次跟别人战斗时都非常害怕。"

"那你害怕了会怎么做？是逃吗？"亨利叔叔说。

"我虽然害怕，但是并不愚蠢，你知道的，要是打架的一方逃跑，另外一方一定会穷追不舍，"胆小狮说，"所以我越是害怕，越是拼命战斗，直到把对方打败为止。"

"哦，我明白了。"亨利叔叔说。

"那我刚才盯着你，你害怕了吗？"爱姆婶婶问。

"太害怕了，太太，"狮子老实说道，"你盯着我，那眼神摄人魂魄，我以为你要大发脾气，但是你没有，可只是你的目光我就已经颤抖了。"

爱姆婶婶听了狮子这样的回答很开心，也很满意，她带着笑意说："哦，我当然不会伤害你，所以你别害怕了，我只是听说过这个方法而已。"

"你不知道，人的眼睛有多可怕，"狮子说着假装用爪子挠了挠鼻子，

以掩饰他唇边的笑意，"如果我不知道你是多萝茜的亲人，恐怕我早奔过去，把你撕成碎片了，因为你的眼睛实在太吓人了。"

爱姆婶婶听了这话不由得一阵后怕。亨利叔叔马上说："狮子先生，早安，认识你我们很开心，可能一会儿咱们还会见面的。"

"早安，"狮子回道，"只要你们一直住在这里，我们会经常见面的。"说完，他又重新趴到草地上。

第八章
咆哮鬼和矮子精们的联盟

矮子精国将军嘎夫从怪头鬼的住处出来之后，就向西北方向去了。他这次要去的地方是咆哮鬼的领地。要想到达咆哮鬼所住的地方，必须要经过一个"波动地带"。所谓"波动地带"，就是连绵不绝的高山和深谷，山高且陡峭，上面满是岩石峭壁，而且，这些山和谷形成一条会动的波浪线。

嘎夫好不容易爬完一座高山，脚下又出现一处深谷，而他走到山谷的时候，这个山谷竟然又升起来，成为一座高山。这对总在地下生活的嘎夫来说简直是比登天还难，但是他为了自己的理想，始终坚持向前走，他相信，只要前进，就一定会找到他想找的地方。他毫不在意高山变低谷，还是低谷变高山，他头也不抬，就像在平地上走路一样。

这样坚持着，嘎夫终于胜利了，当他的双脚踩在了坚实的硬土上时，内心欢呼起来，他知道他终于战胜了那个可怕的"波动地带"。他穿过一片蓊郁的森林，就到了咆哮鬼的领地。

他刚刚走上咆哮鬼的领地，就被两个侍卫抓住，扭送到咆哮鬼国大王面前。鬼大王凶悍地对他咆哮，面目狰狞，问他是什么人，胆子如此之大，竟敢踏进咆哮鬼的领地。

"我是矮子精国的将军，大王，"嘎夫平静地说，"我叫嘎夫，你不知道吗？这是个让谁听了都会害怕的名字。"

全体咆哮鬼发出放肆的大笑，一个身材魁梧的咆哮鬼走上前来，轻轻一抓，接着一抛，矮子精将军就在半空中了。嘎夫这一惊非同小可，但是当他落在地上的时候，故作镇静地装作什么事都没发生过一样。他说："我们的国王红烟火王，让我来这里和你商议一件大事，这件事就是要用武力征服沙漠中心的奥兹国。"

嘎夫说到这里就停住了，一声不吭地等待着。

"接着说！"一声巨吼震耳欲聋，嘎夫觉得矮子精国王的咆哮相比之下不过是只小猫的呻吟。咆哮鬼王虽然声音巨大，但是发音并不是很清楚，嘎夫竭尽全力，认真听着。

咆哮鬼看起来就已经很恐怖了，就算是嘎夫这么见多识广的老矮子精，此时也有点畏惧。这些咆哮鬼只长着强壮的骨架、筋还有皮肤，根本没有肉和脂肪。而且他们的筋都特别强壮，像一股股粗壮的绳子捆在皮肤底下。他们力气也特别大，就算是一只最不强壮的咆哮鬼也能毫不费力地举起一头大象。

但是这些咆哮鬼脾气极坏，根本不讲道理，而且态度蛮横，性情乖戾，所以平时没人敢招惹他们。因为总不被接纳和喜欢，咆哮鬼就变得更加暴躁，因为被讨厌和排斥，他们就更加讨厌和排斥别人。嘎夫知道这一点，但是他还是冒死前来，因为一旦得到咆哮鬼的支持，他的计划就成功了一半了。

"奥兹国的女王奥兹玛手无缚鸡之力，但是她却有一颗善良和仁慈的心，"嘎夫不管不顾地说着，"所以她的臣民都很开心、很满足地活着。"

"接着说！"咆哮鬼王大声吼道。

"曾经，有个埃夫王族是矮子精国的奴隶，他们个个都是伪善的人。但是奥兹国的女王奥兹玛却从中作梗，多管闲事地把我们的奴隶解救了。虽然这对她一点儿好处都没有，但是她还是反对我们奴役埃夫王族。她带着一个来自堪萨斯州的小姑娘多萝茜还有一只黄母鸡，闯进了矮子精国王的地洞，把牢门打开，放走了奴隶，并且还偷走了矮子精国王的魔法腰带。现在我们的矮子精国王正带着精兵强将，夜以继日地挖通向奥兹国的隧道。挖好隧道那天，就是我们杀过去，征服和统治奥兹国的日子。"

说着嘎夫停了下来。咆哮鬼王可是个急性子，他喊道："继续说！"

嘎夫在思考着该说什么，才能让这个鬼王能参加这场战争。忽然，他灵机一动，计上心来。

"矮子精国王打算用武力征服奥兹国，取得奥兹国的统治权，所以我们需要你们的帮助，因为你们是全世界最强的力量，没谁敢跟你们抗衡。而且我们有共同的志向，就是我们对好的、善良的事情和人都无比痛恨，所以，摧毁一个人人安乐的翡翠城，应该是你们毕生的愿望，这件事本身就会给你们带来快乐。事成之后，我愿意奉上一万奥兹国人，来给你们当奴隶，供你们差遣。"

"再加一万！"鬼王吼叫。

"没问题，两万成交。"嘎夫滑头地说。

鬼王这个时候使了一个手势，一个小咆哮鬼伸手就把嘎夫抓走，带到了监狱里，看守监狱的咆哮鬼兴奋地号叫，并用别针扎这个老矮子精圆滚滚的肚子取乐，嘎夫疼得嗷嗷直叫。

鬼王不顾他的呻吟，与手下多名指挥官商量着这件事。他把矮子精将军的话重复了一遍，然后说："我想帮助他们，一旦成功之后，我们将有两万战俘，而且，翡翠城的宝贝可以被我们悉数带走。"

"对，魔法腰带也一定要归我们所有。"一个指挥官说。

"对，还得让矮子精国王对我们俯首称臣，那样我们的俘虏就更多了。"另一个说。

"这个主意不错，"鬼王说，"我要让红烟火王天天给我洗脚、擦鞋和端茶递水。"

"那我要奥兹国里的那个稻草人，他特别聪明，当我的奴隶应该不错。"

"那个滴答人归我了。"

"铁皮人应该是我的。"

群鬼七嘴八舌地商量着分战俘的事，因为他们觉得只要他们出手，那胜利就是唾手可得的事情，别说一个奥兹国，就是全世界也是他们的。

"以前，我们去不了奥兹国，是因为死亡沙漠。现在好了，矮子精国王已经快挖好隧道了，我们不用费任何力气就可以到达翡翠城。所以我们先让那个老矮子精回去告诉红烟火王，咱们答应帮助他们，我们通过他们打败奥兹国，再收服矮子精国，那岂不是一举两得。"

群鬼听了，都表示佩服，不愧是鬼王，非常霸气而且想法周到，然后大家就解散了。晚饭的时候，嘎夫将军仍被关在监狱里，对咆哮鬼们的计划一无所知，他现在就担心自己会被杀死在这个监狱里。

那个看守鬼也不再用别针扎他的圆肚子了，因为扎腻了，他开始拔嘎夫的两撇小白胡子，一根一根地拔下来，疼得嘎夫龇牙咧嘴。

这时候，鬼王吩咐人来把嘎夫带走，

看守监狱的鬼说："等着吧，我要把他的胡子一根根拔掉才可以，你看现在连四分之一都还不到。"

"你是想让大王等着吗？你就不怕他直接拍断你的脊梁骨？"来人说。

"哦，你说的也对，"看守鬼说，"那你就把他带走吧，不过我给你出个主意，你可以一边走一边踢他。因为他身上特别软，像个烂桃子一样软。"

来人没理会看守鬼，带着嘎夫一路向鬼王所在处走去。

看到嘎夫，咆哮鬼王大声说道："你先回去告诉你们的红烟火王，我答应他的请求了，你们只要出发前派一个人捎口信过来，我就派出一万五精兵奔赴矮子精国帮助你们。"

"啊，这是真的吗？那你真是太明智了！"嘎夫一旦知道自己的使命完成了，竟然忘记了狱卒的针刺和拔下胡子的侮辱，他一直感谢着咆哮鬼王，然后逃也似的离开了那个阴森恐怖的地方。

但是他仍然不满足现状，虽然怪头鬼和咆哮鬼都答应了他的请求，力量逐渐在壮大，可他还是希望有更多的力量。因为多一分力量就多一分成功的可能性，毕竟在这件事上，他赌上了自己的性命。

"我不要百分之九十的希望，我要的是百分之百的成功，等到我成功的那天，我就是比红烟火王还要聪明的人，到时候我要取代他，当上矮子精国王。怪头鬼一定会帮助我的，因为他们是我请来的援军。咆哮鬼要更厉害一些，他们也是我的朋友。如果再找到比咆哮鬼厉害的角色，那我就举世无敌了。"矮子精将军嘎夫这么想着。

第九章
环状甲虫教授的体育新教法

多萝茜很适应现在的环境，因为她是个适应能力十分强的女孩。亨利叔叔和爱姆婶婶却还是有些不适应，他们过了几十年的苦日子，忽然间发生了天翻地覆的变化，他们一时还不能完全接受。而且现在，他们整天都要穿着盛装，无论在哪种场合他们都会受到礼遇，每个人都对他们客客气气、毕恭毕敬。奥兹玛公主尽全力想让多萝茜的亲人得到最好的照顾，她相信他们的不安和不习惯会随着时间慢慢地消失。

而亨利叔叔和爱姆婶婶，最大的不习惯就是一整天也没有什么事情可做。

"我们每天都像是在休假。"爱姆婶婶有些苦恼地说，"可是我不习惯这种衣来伸手饭来张口的日子，我希望能帮忙刷刷碗或者自己打扫一下房间，那样我就会开心很多。亨利有一次偷偷溜去喂小黄鸡，但是被比莉娜埋怨了一顿，因为他打乱了小鸡们的吃饭时间。我们从来不曾想过，有钱人的日子是这样的无聊。"

爱姆婶婶每次都会说一样的话，这让多萝茜或多或少有些担心了，于是她不得不找到奥兹玛，就这个问题做了一次长谈。

奥兹玛听了之后，认真地想了想，说："看来，我真得给他们找点事情来做了。其实，你不来找我，我也在思考这个问题，或许我们给他们找一点轻巧的活儿干干会更好。现在，我得想想到底能有什么活儿可以让他们做，你可以趁此机会带着他们去奥兹国的各个地方转转，让他们看一看奇怪的人，这样可能会让他们开心些。"

"哦，那真是个好主意。"多萝茜说。

"那我派几个人随你去，"奥兹玛说，"你可以带着他们去任何你喜欢的地方，也可以去你不曾去过的地方，这些都是你自己说了算的。我可以让他们帮你制订旅游计划，然后安排好一切，明早就出发。尽兴地去玩吧，要玩多久随便你，等你们回来的时候，我一定把亨利叔叔和爱姆婶婶的工作安排好，让他们不再有烦恼。"

多萝茜开心极了，她拥抱着、亲吻着这位女王，也是她最好的朋友。然后她急切地把这个消息告诉了亨利叔叔和爱姆婶婶。

第二天清晨，吃过早饭，他们就出发了。

陪伴他们的是奥兹国军队的大统领奥姆比和他的二十七名军官。奥姆比以前是一个士兵，也是奥兹国军队唯一的士兵，却从没有参加过战争。奥兹玛认为不必参加过作战，只要当过士兵就足够了，所以就把他升为了大统领。他高高瘦瘦的，穿一身笔挺的军装，留着两撇看起来很凶的小胡子，也只有这两撮小胡子还算凶了，因为他本人的性格像一个温顺的孩子。

伟大的魔法师请求随行，多萝茜的朋友邋遢人也跟着一块去了。邋遢人虽然穿衣风格随意，但绝不是脏兮兮的了，因为他的衣服都是奥兹玛按照他的风格为他准备的，所以料子很好，花边也很美。邋遢人本人虽然有不修边幅的大胡子和头发，但是他性格开朗，说话声音温和轻柔。

他们乘坐的是一辆敞篷马车，车上有三排座位，拉车的是那只了不起的锯木马。他是很久之前奥兹玛用生命之粉变活的。锯木马蹄子上包着金子，所以他的脚不会有丝毫的磨损。他身材强健，跑起来特别轻盈。奥兹玛对他宠爱有加，全奥兹国的人都非常喜欢他。多萝茜知道这是奥兹玛对她的最高礼遇，现在她对奥兹玛更加感激了。

多萝茜和伟大的奥兹魔法师坐在第一排的座位上，亨利叔叔和爱姆婶婶坐在第二排，第三排是邋遢人和奥姆比。当然了，并没有落下托托，此刻，它正蜷伏在多萝茜的脚旁欣赏美景呢。

他们刚要出发的时候，比莉娜拍打着翅膀，一路咯咯叫着跑来了。她说让多萝茜带着她，多萝茜就让黄母鸡蹲在了挡泥板上。大家发现，比莉娜竟然还戴上了珍珠项链，还有她的那几只珍贵的脚镯。

奥兹玛前来送多萝茜出发，她们互相拥抱、吻别，多萝茜对着送行的人们挥舞着手帕，然后王宫的乐队奏响起来。接着，魔法师对锯木马发出了一声号令："出发！"于是马车启动了，锯木马拉着红彤彤的马车轻盈地飞跑着，宫门被打开，他们在音乐中开启了美好的旅行。

"咱们在一起，就像一个马戏团。"爱姆婶婶感叹着，"刚刚在送行的时候，我都觉得自己得意极了。"

是的，当所有人对着他们热情地挥手说再会，当所有的人都对着他们鞠躬道别，邋遢人和魔法师也摘下帽子，深深鞠躬还礼的时候，爱姆婶婶真的觉得自己是个重要的人物了。

马车经过翡翠城大门的时候，守城门的人把城门打开，在城门拱形的顶部，有一个马蹄形磁铁，此刻被镶嵌在一个金色盾牌里，挂在了中间，

"这就是'爱的磁铁'，"邋遢人说，"当初还是我把它带来这里的。奥兹玛公主说挂在城门上，可以让每一个经过城门的人懂得爱人也被爱。"

"嗯，这是个好主意。"爱姆婶婶说，"如果堪萨斯州有个这样的魔法磁铁，那我们的农场就不会被收走了。"

"多亏了被收走，"亨利叔叔说，"相比堪萨斯州，我更喜欢这里。你瞧，这匹锯木马可是比我见过的所有马都漂亮，而且还不用费心费力去照顾他，不用天天刷洗，不用喂食，竟然还这么强壮。多萝茜，他会讲话吗？"

"当然会，叔叔。"多萝茜说，"但是锯木马本身话少，他告诉过我，他不能一边思考一边讲话，所以他宁愿多思考。"

"这是智慧的表现，"魔法师说，"这里有好多路，我们到底要走哪条呢？"

"我们就一直向前吧，"多萝茜说，"我要到奎德林领地去，我有奥兹玛给剪纸小姐的介绍信。"

"哦，那简直太好了，"魔法师兴奋地说，"我们真的要去那里吗？我早就想去拜访那些纸人了。"

"纸人？那是什么？"爱姆婶婶问。

"到了你就知道了，"多萝茜故作神秘地说，"其实我还没有真正见过他们呢，所以我也不知道他们是什么样。"

锯木马稳稳地跑在路上，但是爱姆婶婶还是觉得害怕，她觉得速度太快了，简直让她无法呼吸，亨利叔叔也不由自主地抓住了马车的座位。

"是太快了，慢下来，亲爱的，慢下来。"魔法师高声叫道，锯木马果然放慢了速度。

"发生什么事了？"锯木马侧着他美丽的脑袋，用一只眼睛——实际上，那是一个木头疖子——瞜着车上的人，疑惑地问道。

"我们只是想看看沿途的风景，没别的事。"魔法师回答。

"对呀，车上坐的人，有的从未出过翡翠城，所以需要仔细看看这些新奇的景物。"邋遢人说。

"不要这么快，锯木马，这样我们就忽略了身边的美景，"多萝茜说，"不用着急赶路，我们只要开心就好。"

"哦，好吧，我不着急，快慢都行。"锯木马说着已经放慢了脚步。

亨利叔叔早就知道这匹马能听懂人话了，但是一匹有思维的马，他还是第一次见到。

"这是怎样一匹聪明的马啊!"他不由得感叹。

"对呀,上一次我给他安耳朵的时候,顺便给了他一个塞满木屑的脑袋,"魔法师说,"那些木屑都是从特别硬的木头疙瘩里锯出来的,所以锯木马以后不管碰到任何难办的事都会想出办法。"

"哦,原来是这样。"亨利叔叔说。

"那是什么意思?"爱姆婶婶问道,但是好像没人听见她说什么。

过了一会儿,他们来到了一座高大的房子前面,这座房子坐落在碧绿的草地中央,四周是一排排郁郁葱葱的树林。

"这座房子是干什么用的?"亨利叔叔问。

"这是奥兹国有名的贵族体育学院。"魔法师说,"院长是环状甲虫。"

"我们去拜访一下我们的教授吧。"多萝茜说道。

于是,他们停在了房子前面,看见环状甲虫教授已经在那里迎接他们了。他的个头跟魔法师差不多,穿着蓝色的燕尾服,里面是红白格子的背心,穿着黄色的短裤和紫色的丝袜,腿很细,戴着一顶高高的尖帽子,眼睛上架着一副亮闪闪的金丝眼镜。

"欢迎你们,多萝茜,"教授说,"感谢各位来到体育大学,能在这里迎接你们,是我的荣幸。"

"这里不是体育学院吗?"邋遢人说。

"是的,这位先生,"环状甲虫骄傲地答道,"这是培训我们奥兹国所有优秀的年轻人的科学化体育学院——纯正的体育教学。"

"那你们除了体育还教别的吗?"多萝茜感到好奇,"这里的年轻人都不用学习语文、数学等等吗?"

"哦,学啊,一定要学的,而且还有其他的,"教授说道,"不过这些学科不会占用他们很多时间。现在让我带你们去看看我的学生们都在做什么吧,正好是上课时间。"

于是所有人都跟着教授来到了楼后面的草地上,那里正是奥兹国年轻人上课的地方。他们有的在踢足球,有的在打棒球,有的在玩高尔夫,有的则是在进行网球对垒。还有一个大大的游泳池在草地的另一侧,那里也有人在游泳。草地旁边的小河里，还有人在划着小船比赛。篮球场地有人在打篮球。还有一块场地用绳子圈起来，用来摔跤和拳击。没有一个年轻人站着无所事事，他们都做着自己想做的事情。

"看看吧，这里就是我们的教育。"环状甲虫说道，"这样的教育成果是不可估量的，我们每年都要向国家输送很多最为优秀、能干的人才。"

"但是，我想知道，他们什么时候学习呢？"多萝茜问。

"学习？"环状甲虫不解地问，"你指的是？"

"我的意思说，他们学习数学、物理、化学等一系列课程的时间是在什么时候？"多萝茜又问了一遍。

"哦，是这些啊，这些不需要更多的时间，他们只要按时吃一些药丸就可以了。"教授轻描淡写地说道。

"药丸？那是什么？"所有人都很吃惊，几乎同时问道。

"对，那是我们的新发明，还是魔法师帮我们制成的。它叫学习丸，吃了它可以省很多时间，而且药丸效果特别好。现在我带你们去参观一下我们的学习实验室。"

大家都跟着教授来到了一个大房间，看见一排排架子上放着许多大瓶子。

"这一排是代数丸，"教授介绍说，"这个只需要晚上睡觉前服用一颗，就相当于学习四小时。那些是地理丸，这个得一天吃两回，早晨一颗、晚上一颗。旁边是拉丁语丸，这个吃三次，早中晚各一颗。那些是语法丸，吃饭前吃一颗。那些是拼音丸，任何时候吃都可以。"

"原来这里的学生天天吃药丸啊，那他们怎么吃啊，"多萝茜说，"和苹果酱一起吃吗？"

"当然不是，亲爱的，"教授说，"这些药丸都是糖衣的，吃起来一点儿也不费劲，所以我的学生们都喜欢吃药丸，而且实践证明，吃药丸确实是种高效的学习方法。在药丸没有被发明之前，我们一直在浪费时间，现在这些时间都可以用在体育训练上，这简直太好了。"

"这些药丸不错，"奥姆比说，"我小时候要是有这些药丸就好了，算术就不会把我折磨得那么惨了。"

"当然了，这是个最伟大的发明。"环状甲虫说，"这是我们学院超过其他大学的法宝，我的学生们都不用在其他学科的学习上费力了，他们的主要精力都用在了体育上，我们的体育是当之无愧的第一，其他任何大学都比不上。不是吗？我亲爱的朋友们。"

"真的有人可以每天吃那么多药吗？"爱姆婶婶说，"这是药啊。"

"正处于学习时代的年轻人，总得吃些药的，就算不是这些药丸，也可能是别的什么。"魔法师说，"刚刚教授也说了，这药丸的功效超过了我们的想象。我当时配制的时候，曾经不小心丢掉一颗，被比莉娜的小鸡吃了，过了一会儿，那只小鸡竟然飞到树上开始背诵《男孩站在燃烧的甲板上》，而且竟然一个错误都没有，接着他又背了《轻武装旅的职责》和《不断向上》。原来，他吃下的是一颗演讲丸。"

大家听了都感慨万千。然后他们与伟大的环状甲虫教授道别，因为他们还要继续前行，前路有更多稀奇古怪的事情等着他们呢。

第十章
纸人是怎样生活的

快到中午的时候，他们有点儿饿了。他们早晨出发的时候并没有准备食物，因为这里是奥兹国，任何一个地方都可以让他们吃饱、睡暖，而且都是热情招待。所以，他们随便找了一个农舍停了下来，主人出来热情迎接，并且精心准备了一大桌子午餐，他们都大吃了一顿。吃完后就休息一会儿，然后主人——一个性格温顺、微胖的农夫，邀请他们去果园看看，他们就一起来到果园散散步，随后跟主人道谢辞行。

一行人坐上了马车，沿着弯曲幽深的小径出发了。

他们来到了一个大路牌下面，多萝茜念着上面的文字：

此路到达纸人村

路牌上还细心地画着指着方向的手，于是他们指挥锯木马走上了小手所指的方向，这条路平坦开阔，但看上去很少有人涉足。

"我还从没见过纸人呢！"多萝茜好奇地说。

"我也是。"奥姆比说。

"我也一样。"魔法师说。

"我更没见过。"比莉娜说。

"我这是第一次离开翡翠城。"邋遢人说。

"这样看来，我们都没有见过纸人喽，"多萝茜向往地说，"真不知道那些纸人长成什么样。"

"很快我们就知道了，"魔法师诡异地笑着，"据说他们都很脆弱。"

他们带着渴望和急切的心情一直赶路，路却越来越难走了，有些地方都不能被称为路，锯木马辨认好半天才从中走过去。房屋也越来越少了，马车也越来越不平稳，颠颠簸簸，所以他们的速度慢下来了。

这条难走的路终于到了尽头，他们眼前出现了一座蓝色的高墙，墙上还画着红花，从墙所包围的面积来看，这堵墙很长，而且很高，根本就看不见墙里面，只能看见墙头的树枝。

这条路一直通到墙边，墙上还有一扇小门，小门用闩闩住了。门上有一个木牌子，牌子上写着金字：请到访者行动小心，动作缓慢，切忌咳嗽，以免引起风和气流。

"为什么会有这样的告示？"邋遢人读着牌子上的字，质疑着，"这些纸人到底什么样？"

"纸人就是用纸做成的吧，"多萝茜说道，"这点常识都没有。"

"纸做的人有什么好看的！我们还是到别处去吧。"亨利叔叔说道，"多萝茜，你都不是小孩子了，就不要玩纸人了。"

"但是他们不一样，叔叔。"多萝茜说，"他们是活的。"

"什么？活的？"爱姆婶婶叫道。

"是啊，婶婶，他们是活的，所以我才想去看看啊。"多萝茜说。

于是，他们小心翼翼地下了车。门太小了，锯木马拉着马车根本进不去。

"托托你也留在这里，你太莽撞了，看见什么都要大叫，还总乱跑，万一掀起了风可不是闹着玩的。"多萝茜说。

托托失望地摇晃着小尾巴，它也想跟着进去，但是多萝茜这样说了，它也不敢硬闯，所以就老老实实蹲在马车旁了。

魔法师把门打开了，大家往里面看去。

门口站着一排士兵，他们个子都很小，穿着鲜艳的军装，肩上还背着一杆纸枪。从队首到队尾，他们都是连在一起的，而且都是纸制的。

多萝茜他们都走进了院子，魔法师又重新把门关上，突然，整排士兵都向墙上倒去，贴在了墙上。他们的手和脚都在奋力扭动。

"喂，我说，外来人，"一个纸士兵叫道，"你们没看门口的告示吗？你那么大力气关门，我们都被你制造的风吹倒了。"

"啊，实在对不起，我不是故意的，"魔法师真诚地道歉，"我真的没想到你们会如此弱不禁风。"

"什么弱不禁风，"另一个士兵叫道，"我们并不弱，相反，我们还很强壮，但我们对风确实是无力抵抗的。"

"能让我帮助你们站起来吗？"多萝茜说。

"好的，谢谢。"队尾的一个士兵说道，"请你一定要轻轻地扶我们起来。"

多萝茜甚至连呼吸都放轻了，她走过去，轻轻地把整排士兵都扶起来。他们站起来后，掸了掸身上的土，把枪端好，对着来客们敬礼致意。从正面来看，这些士兵都威风凛凛、强健结实。但是从侧面来看，他们就是一个纸片人。

"这里有一封奥兹玛公主给剪纸小姐的信。"多萝茜说。

"好的。"队尾的士兵说完，便拿起脖子上挂的哨子吹了一下。一个上尉模样的纸兵从院子里的一个纸屋子里走出来，朝着多萝茜他们所在的地方走来。这个纸兵也不太高，两条腿走路还不太稳，也不灵活。但是他的五官还挺可爱的，红红的脸膛，蓝色的眼睛。他客气地给来客们鞠躬，弯腰的时候，头几乎都挨到脚面了。多萝茜哈哈地笑起来，嘴里的气流差点把上尉吹倒，他扭动了几下身子，终于还是站稳了。

"请注意，小姐，"上尉发出警告，"在这里，大笑是被禁止的。"

"哦，对不起，我真的不知道还有这个规定。"多萝茜真诚地说。

"在这里，大笑和咳嗽都是像暴风海啸一样的危险，"上尉说，"我再次提醒你们一句，请你们呼吸也要尽力平和。"

"好，我们一定努力控制，"多萝茜答应着，"那么现在，我们可以见剪纸小姐了吗？"

"当然，"上尉说，"今天正好是她待客的日子，请随我来吧。"

于是上尉就带着多萝茜他们走上了一条小路。多萝茜他们处处与他保持距离，生怕距离近了，会因为呼吸而使他跌倒。事实上，纸上尉走得也很慢，这样多萝茜他们有机会能尽情欣赏一下周围的景致。

路两旁虽然都是纸树，但是剪得非常精致，涂的色彩也非常亮丽，都是晃眼睛的绿色。树后面是一排排纸质的房子，大小不一，颜色各异，每座房子都有一扇绿色的百叶窗。房前有较大的院子，院子里有大大小小的花坛，里面都是栩栩如生的纸花，姹紫嫣红，非常好看。小院子的门廊里竟然还有一棵棵纸质的爬藤，染成各种绿色，远远望去，一片葱茏。

现在少尉带着他们来到了街道，许多纸人出来张望，他们趴在窗口或者躲在门口，一个个好奇心十足。多萝茜仔细看了看，这些纸人个头都差不多，但是身材不相同，有胖的、有瘦的。纸姑娘都穿着漂亮的褶裙，是用绉纸做成的，蓬起来的裙摆很可爱。姑娘们的头跟其他纸人一样都是薄纸做的。

街上有很多纸人，有的在说话聊天，有的在赶路，有的在闲逛，一看见陌生人，就都躲进屋子里去了。

"抱歉，我只能侧着走了，"走上一个小缓坡的时候，上尉说，"因为这样我能走快一点儿，而且走起来也稳当很多。"

"没事，你怎么走都行，"多萝茜说，"对我们来说没什么影响。"

街道中心有个纸抽水机，一个小男孩正在把水抽到桶里，黄母鸡从旁边经过的时候想看得清楚点儿，就凑过去了，没想到翅膀一下子碰到小男孩，小男孩被碰飞到一棵树上了，挂在那里下不来了。魔法师赶紧过去，把小男孩拉了下来。小男孩飞上去的时候，水桶和抽水机都飞上了天，抽水机被折成了两半。

"老天，"黄母鸡说，"我仅仅是碰了一下，万一我扇动翅膀，整个村子

不得毁于一旦啊。"

"那你可千万不要扑扇你的翅膀，"上尉带着恳求的语气，"如果村子不在了，剪纸小姐会伤心死的。"

"放心，我只是打个比方，"比莉娜说，"我一定会万分小心的。"

"刚刚我们看到的那些美丽的纸姑娘都叫剪纸小姐吗？"奥姆比问道。

"怎么可能，"上尉说，他自从把身子侧过去，走路真的是快多了，"这里只有一位剪纸小姐，她主宰着这里的一切，是我们的女王，我们都是由她创造的。是的，你看到的这些女孩都是纸做成的，但她们都有名字，艾米莉、波莉、苏、贝蒂等等。"

"我想说的是，这里比我去的任何地方都要好，"爱姆婶婶说，"因为它让我想起了我小的时候。我小时候特别喜欢剪纸，而且喜欢玩纸人，那时候从没想过这些纸人有一天还会说话。"

"在奥兹国，这不算什么奇特的事，"魔法师说，"因为这里真的是无奇不有，如果你能把这一切当作乐趣，那你此生就会一直在开心中度过。"

"到了，就是这里。"上尉宣告说。

这是村子里最大的一间房子，它是木制的，当然，跟翡翠城比起来，这样的房子算不上什么，但它在这里称得上是最好的房子了。而且这里的一切都是真的，而不是纸做的，房前是鲜艳的花朵，鲜花的旁边是一棵绿树。门前的一个牌子上写着：剪纸小姐。

他们刚走到门前的走廊里，房门打开了，一个女孩站在门口。她看起来年纪跟多萝茜差不多，看着客人们，她笑着说："你们好，十分开心见到你们。"

大家看到这个跟自己一样的血肉之躯，都突然觉得很轻松。她站在那里，以一个小主人的身份，微笑着面对大家，是那样和善，又是那样温柔。她金发碧眼，面若桃花，唇红齿白，然是好看。素白的裙子外面扎着红白格子的围裙，手里还拿着把剪刀。"你好，我想请问一下，剪纸小姐在这里吗？"多萝茜礼貌地问。

"是的，我就是，"那女孩回答，"我知道你们来了，快请进。"

　　她站在门旁，伸出手请大家进去。大家一起走进了剪纸小姐的房间，里面到处都是纸：硬纸、软纸、绉纸。有的还是整张的，有的已经剪开，颜色各异，种类繁多。桌子上除了纸还有几把不同大小的剪刀。

　　"都请坐吧。"剪纸小姐扫着椅子上的纸屑，热情地说，"不好意思，这里太乱了，因为好久没有来过客人；我也好久没有打扫了。我觉得你们一定不会介意它有多乱的，因为这里不仅是我的起居室，还是我的工作室。"

　　"我们看到的所有纸制品都是出自你一人之手吗？"多萝茜问道。

　　"是的，都是我自己完成的，其实用剪刀把他们剪出来，然后再画上五官，染上颜色，这是让我开心的事情。我想只要我夜以继日地工作，剪纸村会越来越壮大的。"

　　"可是，我想不明白，纸人怎么是活的呢？"

　　"好多年前，我的剪纸人也不是活的，它们就是普通的剪纸，"剪纸小姐说，"但是后来，北方女巫格琳达来看过这些纸人，她还夸它们漂亮。北方女巫真是个好女巫，我感谢她的来访，于是跟她说，若是这些纸人都是活的，会说话，会动，那就更好了。我只是随口说说，可是没想到北方女巫记在心上了。第二天清晨，她送给我很多魔纸，并对我说，只要把这些纸剪成纸人，他们就活了。她还对我说，这些纸用光了，我还可以去她那里要。呃，她真是个好人。"

　　"于是我马上动手，剪了几个纸人，没想到刚刚剪成，他们就活了，对我有说有笑的。但是他们太怕风了，稍有点儿气流的变化，就能让他们东倒西歪，于是北方好女巫又将我送到这无风的地方来，并为我建造了一座城墙，以防止风吹进来。然后，让我建造一个纸人的村庄，我可以统治他们。于是，我就没日没夜地工作，现在这个村子的规模已经越来越大了，将来我一定会让它更加壮大。这让我很开心，我喜欢剪纸，更喜欢看着他们快乐生活。"

　　"好多年前？"爱姆婶婶质疑道，"姑娘，你才多大啊！"

　　"不要看我的外表，"剪纸小姐笑着说，"我不会随着年龄的增长而变老的，因为我根本不会长大，一直都是刚开始到这里的模样。也许，我的年

龄超过了你们每个人。我也说不好。"

这时大家都惊奇地看着这个剪纸姑娘。魔法师说："可是比起风来说，我觉得你们更应该害怕雨。"

"这里不仅没有风，也没有雨，"剪纸小姐说道，"格琳达好女巫挡开了所有的风雨，就是为了让我们能够平安地生活。我真的很感激她。现在我带你们去看看剪纸村的国王吧，你们一定要小心一点儿走，不然带起风可就不好了。"

他们跟着剪纸小姐走过好几条街道，看见各种各样奇异的物件。他们觉得剪纸小姐的手可真巧，不禁暗暗佩服起这位看起来柔柔弱弱的姑娘，也对这个地方产生了很大的兴趣。

每走过一个地方，就有一大群纸人围过来，欢迎他们的女王，可以看得出来，纸人们特别拥戴她。这些纸人对来客也特别欢迎，他们站成一排，拿着手绢又跳又唱，还合唱了一曲《我们祖国的旗帜》，歌声非常优美。随着歌曲的进行，有一队旗手开始升起一面美丽的旗帜。歌曲结束，旗帜升起来了，全村人民一起欢呼。对他们来说是欢呼，我们听起来不过是像正常的说话声那样大小。

正当剪纸小姐想要对她的百姓说点什么时，邋遢人忽然觉得鼻子痒痒的。他觉得自己要打喷嚏了，跟他在一起的人都知道他的喷嚏打得特别响亮。他使劲忍着，但是世界上有几样东西是没法隐藏的，比如爱情、贫穷和喷嚏。邋遢人再控制也无济于事，他还是打了一个又大又响亮的喷嚏。

结果可想而知，挨着邋遢人的几十个纸人都被吹飞了，要不就是滚在路边了，要不就是跌倒了，总之没有一个安然无恙的。

这些纸人发出一片恐怖的呻吟和叫喊，剪纸小姐惊呆了，恐惧地叫着："天啊，天啊！"说着她跑过去一个个救起那些被喷嚏击中的纸人。

"哎呀，邋遢人！你……"多萝茜也很焦急，一时不知说什么好。

"对不起，我真的在忍了，但是我没忍住，"邋遢人为自己解释道，他确实觉得很抱歉，"我真的没想到结果会是这样的。对不起！"

"你想不到吗？你的喷嚏对他们来说可是比堪萨斯州的龙卷风还要厉害呢！"多萝茜说完，赶紧跑过去帮助剪纸小姐救人。她发现附近的纸房子也都被吹倒了，剪纸小姐说，她得赶紧把那些屋子再粘好，好让纸人们有

地方住。

多萝茜再也不好意思多留一刻了，她怕再留下来会给纸人们带来更多的麻烦。她带着一行人感谢剪纸女孩的热情接待，然后就要离开了。

"好吧，那我只能跟你们说再会了，因为我还有很多事情要做。这些纸人就够我收拾一会儿的了。我随时欢迎你们再来这里——最好不要再打喷嚏了。"女王说着，不满地看了一眼邋遢人，邋遢人很尴尬地低下了头，"我其实很开心你们能来这里，欢迎你们下次再来。"

剪纸小姐特意把他们送到了围墙外。所有纸人看见这群人都避之不及，等他们都走出一条街那么远了，还心有余悸地远远张望着，可见邋遢人的喷嚏对他们造成了多大的心理阴影，所以看着这群活人离开，他们别提有多高兴了。

第十一章

嘎夫将军和天字第一号会见

　　矮子精将军嘎夫想要离开咆哮鬼的领地，就必须要再经过"波动地带"，这可是一件特别难的事。现在虽然没有人再用针扎他圆滚滚的肚子，也没人拔下他花白的胡子，但是他心里一点儿也不高兴，因为一想到在咆哮鬼的领地受的那些气，他就气得发抖。他发誓等将来计划成功的时候，一定会跟咆哮鬼算总账，他知道现在还不是发泄的时候，于是他使劲地踩地上的土，仿佛这也是一种泄愤的方式。当他走到"波动地带"一半路程的时候，他精疲力竭，力不从心了，感到头晕恶心。这臭名昭著的矮子精将军，也是罪有应得了。

　　他走出"波动地带"，来到翠绿的草地上时，脚底下还跟踩了棉花一样，晕头转向，他稍微休息了一会儿，感觉好多了。于是他马上就把所有的痛苦都忘记了，又开始想着新的盟军了。

　　于是他沿着路一直向西走去，当他走过一排树的时候，一只小松鼠对他说："当心！"他没有理会，白了松鼠一眼，继续前行。一会儿，空中有只苍鹰飞过，对他说："当心！"可他拿起一块石子，扔了过去。

为了心中的目标，矮子精将军什么都豁出去了，现在他要去拜访一个更为危险的群体——幻象鬼。他们的领地是险象环生的幻象山山巅。这些鬼属于厄布贵族，是人鬼都不敢接近的群体，几千年，一直独踞幻象山。没人敢去打扰他们，他们也很少下山。

可是这个野心勃勃的嘎夫非要去以身犯险，他得多期待自己的计划能够成功啊，他在拿自己的生命为这次计划开道。

嘎夫自负地认为自己一定有办法劝服这些幻象鬼，即便这些鬼对矮子精也不一定有好感。此行危险重重，想着幻象鬼对矮子精国的威胁，他仍然没有放弃，他始终相信，自己有这个能力劝服这些鬼与矮子精王国联合起来攻占奥兹国。

他觉得只要幻象鬼答应参与这个计划，加上怪头鬼的凶狠和咆哮鬼的奸诈，他们一定会一举拿下奥兹国。

一想到这里，老矮子精嘎夫就浑身充满了力量，他加快了登山的步伐，克服了野草茫茫的崎岖山路，精神饱满地出现在幻象鬼所住的那个山谷里。他注视着那个怪石嶙峋的山谷，一点儿都没有退缩。通向幻象鬼的住所还要经过一条熔岩大路。这里的熔岩占据了三分之一的道路，熊熊燃烧的火焰像一条毒蛇的舌头来回伸缩着，热气和毒气一起向老矮子精逼来，连会

飞的鸟都不会从这里过，所有的活物都会离这座山远远的。

嘎夫在脑海里根据传闻想过上千种幻象鬼山谷的画面，但是远远不及他所看到的这样恐怖。他还听说这里似乎有一座桥可以通过去，于是他寻觅着，想要找到那座桥。真不知道是靠什么力量，这个老矮子精竟然真的找到了这座石拱桥，中间却横卧着一只火红的鳄鱼。

嘎夫管不了那么多了，被熔岩的热度烧焦胡子的他，三步并作两步上了小桥，他上桥的声音惊动了鳄鱼，那野兽睁开了眼睛，眼睛里冒出火焰，喷向各个方向。鳄鱼看见了矮子精嘎夫，恶狠狠地斜眼看了他一下，然后就又闭上眼睛了。

嘎夫于是壮着胆子说："你好啊，鳄鱼先生，我本不想打扰你，但是你能告诉我，你到底是要过去还是要过来呢？"

"你管我过去还是过来呢？"鳄鱼轻蔑地说道，眼里露出一道凶光，嘴巴合上时，还呱唧响了一下。

老矮子精听见这响声有点儿犹豫了。

"那你要一直待在桥中央吗？"他小心地问。

"对啊，我要待上几百年那么久。"鳄鱼回答。

嘎夫用手挠着鼻子，想着应对的办法。

"那你在这里待了这么久，一定知道天字第一号幻象鬼啊！"嘎夫忽然问。

"对啊，我知道啊，怎么了？"

"他现在在家吗？"

"我想应该在家吧，他从来不怎么出门的。"

"可是，那边下山来的人是谁呢？"老矮子精用手指着鳄鱼身后。

鳄鱼听了赶紧转过头去看，嘎夫这时候一跃而起，从鳄鱼身上跳了过去，向着桥头撒腿就跑，这火红的鳄鱼马上伸出大嘴去咬嘎夫的小细腿，但是他跑得太快了，并没有被咬到。

"啊哈，"老矮子精得意地说，"鳄鱼先生，对不住了，我把你骗了。"

"哈哈，你也许觉得是骗了我，"鳄鱼说，"但也许是骗了你自己。赶紧

上山去吧，那样你就知道我为何这样说了。"

"我当然会上山的，这个不用你说。"嘎夫说着，昂着头，唱着小曲走了。

矮子精将军刚刚走过了熔岩，就迎来更为凶险的地方，这里的岩石奇形怪状，就连树干都像盘旋着的蛇。

矮子精将军越走心里越慌，这里的阴森恐怖是语言无法形容的。忽然，一个怪物出现在他的眼前，他长着猫头鹰的脑袋、黑猩猩的身子，腰间还有一条火红的围巾，手里拿着一根很长的木棒，一双牛一样的大眼瞪得溜圆，目露凶光地盯着矮子精将军。

"你是谁？来这里要干吗？"他对着嘎夫大吼大叫。

"哦，我是天字第一号幻象鬼的仰慕者，"矮子精将军说，"今天特意来拜访他。"他实在不想多看这个怪物一眼，因为这样子让他觉得太不舒服了。

"那好啊，我带你去见他。"怪兽狰狞地笑着，"因为天字第一号已经想好怎么收拾你了。"

"他怎么会收拾我呢，"嘎夫镇定地说，"我来这里是给他送大礼来了，快走吧，去晚了受惩罚的可就不是我了。"

"这期间你要是有逃走的念头，"怪兽说着举起木棒比画，"你就会……"

"得了，快把你那唬人的东西拿开，"矮子精老奸巨猾地说，"你可不要对我这么放肆，不然待会儿我会让你的主子好好收拾你，赶紧带路，别废话了。"

这个坏嘎夫真是可惜了，如果他不那么坏，他这头脑可以称得上是足智多谋了，但是他却走上了歪路，不然，一定是个股肱之臣。他明明知道这座高山凶险万分，但是他却没有露出一点儿害怕的样子，否则结果肯定很惨。所以才说他是聪明的，因为他的故作镇静，才使得那个猫头鹰脑袋的怪物顺从地为他带路。

嘎夫发现，山顶上是一块平地，平地上都是一堆堆的岩石，远看它们就是些普通岩石，但是走近些才发现它们都是空心的，而且前面都有一个洞口，原来这些都是石屋。

看不出来石屋里面都是什么人，因为一点儿声音都没有，很安静。

猫头鹰人带着嘎夫在这些石屋中穿行，最后来到了位于中间的一座石屋面前，但是它看起来也很普通，没有什么特别之处。猫头鹰人对着石屋轻轻叫了一声："立——奥——啊！"

石屋的洞口里走出来一个狗熊脑袋的长毛人，走起路来啪嗒啪嗒作响，一只手里拿着一个铜圈。看到了眼前的矮子精，他吃了一惊。

"你是疯了吗？把这个傻瓜带到这里来？"他对着猫头鹰人不满地吼道。

"不是我把他带来的，"猫头鹰人说，"是他自己逃过鳄鱼那座桥，跑到这里来的。"

长毛人打量着老矮子精。

"那么，是你自己活够了？"他问。

"开什么玩笑，"嘎夫说，"我一个堂堂矮子精，身为红烟火王的大将军，我们都会长生不死的。生命里还有那么多大事未完成，我们怎么可以轻易去死。好了，坐下吧，幻象鬼——如果你觉得哪里可以当作座位的话。你最好坐下来，好好听听我来这里的目的。"

其实就算是再聪明不过的矮子精将军也不可能知道，此刻的他不过就是天字第一号幻象鬼手掌里的玩物，因为就算他机关算尽，也不会知道，此时他看见的带着小洞的岩石堆只不过是他的幻象，而此刻他正处于一个豪华的大厅里，他也不会知道这座城市有多奢华。他眼前的不过就是一堆堆的空岩石洞，还有这个猫头鹰人和这个熊脑袋的长毛人。因为幻象鬼是不可能让一个外人看到其他任何东西的。

这时候长毛人忽然扔出自己手里的铜圈，套住了老矮子精的脖子，老矮子精还不知道发生了什么，就被拖进了一个石屋。他眼前看到的仍然都只是幻象。昏暗的光使得屋内和屋外一样残破，不过他的直觉告诉他，黑暗中，有无数双亮眼睛在盯着他，他站在一个特别宽阔的大厅里。

长毛人放肆地大笑着，松开铜圈。

"你不是说有什么目的吗？"他说道，"那趁着你现在还有口气，就赶紧说了吧。"

老矮子精能感受到耳边的沙沙声，像许多人在向他走来，都要听他的目的是什么。但是他的眼睛里只有这个恶狠狠的熊脑袋长毛人，他知道自己在对着他说话。于是他就把他那伟大的计划说了一遍。怎样去奥兹国征服那里的一切，掠夺那里的一切，并且奴役那里的人们，但不是杀死他们，因为他们是杀不死的。然后他又说，现在矮子精国王正在废寝忘食地挖掘隧道，等着请到天字第一号幻象鬼就可以从隧道里过去攻打奥兹国了。

矮子精将军说得绘声绘色，诚恳动人，但是熊头长毛人听了却哈哈大笑。而嘎夫觉得不是一个人在笑，而是一大群人在笑。嘎夫继这么多天的遭遇后第一次觉得有些担心。

"难道有别人也答应过帮助你吗？"长毛人继续发问。

"对，还有怪头鬼，"矮子精将军说完，幻象鬼又是一阵哈哈大笑。

"还有吗？"他问。

"还有咆哮鬼。"矮子精将军回答。

"还有吗？"

"没有了。"老矮子精老实地回答。

"那你们将许给我们什么好处？"幻象鬼问。

"除了被我们抢回来的魔法腰带，随便你们选。"嘎夫有点心虚了。

幻象鬼还是无休止地大笑，他似乎已经乐不可支，倒在地上笑起来，那感觉好像不是他一个人大笑，而是很多人一起开心地大笑着。

"臭矮子精，自以为很了不起的家伙们，"幻象鬼大声说道，"其实是多么愚蠢和眼拙。"

然后，他猛地伸出毛茸茸的爪子掐住了老矮子精的脖子，把他拉到了石屋的外面，对着天空长啸起来。从那堆带洞的岩石里爬出成群的幻象鬼，他们全部都有着长长的毛发和形象各异的脑袋，有鸟头、兽头，还有爬虫的头。老矮子精惊恐万分，这群厉鬼的狰狞面目超出了他的想象，就连老奸巨猾的嘎夫看了都禁不住浑身颤抖。

嘎夫现在知道，抓住他脖子的那个熊脑袋长毛人就是天字第一号幻象鬼。

只见他缓缓地举起手臂，身上的长毛逐渐脱落，而他的熊头也在变化。一会儿，老矮子精面前出现了一位楚楚动人、端庄秀丽，身穿粉红色纱裙的女子，这女子发髻高高盘起，簪着鲜花，甚是好看。

同一时间内，整群幻象鬼都变成了龇牙咧嘴的恶狼，他们来回奔跑，像一群好久没吃到东西的饿狼。

这时，那个奇美的女子又举起了双臂，结果狼群变成了蜥蜴。她自己也变成了一只美丽的蝴蝶。

嘎夫实在控制不住自己，身子抖得像筛糠，嘴里不住地怪叫着。变化仍在进行，他们再次变成了幻象鬼。

天字第一号又变回那个熊头长毛人，他对老矮子精说："怎么样，现在还想让我帮助你们吗？"

"当然，比先前更强烈地希望能得到你们的帮助。"老矮子精诚恳地说。

"那么，现在说说看，你能给我什么样的报酬。"天字第一号问。

老矮子精实在不知道该怎样回答这个问题，他怕一点儿错误就会导致计划满盘皆输。刚刚的这些魔法表演已经使他觉得矮子精国的魔法腰带实在是什么都不是了。财宝、黄金、珠宝、奴隶，只要这些魔头想要，那岂不是手到擒来？他生平第一次感觉到黔驴技穷。可是，他到底是恶贯满盈的老矮子精。

他说："或许我能给你的并不是普通的珍宝，而是极大的精神上的满足，你想想，当你打败那些可怜虫，让他们的安乐幸福毁于一旦时，你会有怎么样的快乐。"

这句话起了很大的作用。天字第一号马上说："对，你说得对，我愿意为了这个答应你。回去告诉你那个罗圈腿国王，等他的隧道挖成了，幻象鬼就会出现在他面前，带着你们去攻打奥兹国。要不是那个死亡沙漠，我早就把奥兹国夷为平地了。地道确实是个不错的主意。去吧，快回去复命吧。"

嘎夫松了一口气，他终于把整个计划中的最难关攻克下来了。现在他圆满地完成了计划，可以回去复命了。猫头鹰人送他出了岩石堆，并且喝令鳄鱼躲开，让老矮子精过去。

等老矮子精走远了，幻象鬼城又重新恢复了金碧辉煌的样子。每个衣着华贵、珠光宝气的幻象鬼都等待着天字第一号讲话。现在一身华服的天字第一号开口讲话了："我们在山上与世隔绝的日子里，许多国家都在日渐繁荣和昌盛，现在到了我们去征服他们的时候了。人类毕竟过得太过舒服了，我们要马上结束他们幸福的生活。毁灭别人的幸福是我们最大的快乐。幸好矮子精国给我们提了个醒，不然我们还要等待一段时间。现在我们要利用矮子精挖掘的隧道，去征服奥兹国。然后再消灭怪头鬼和咆哮鬼，矮子精王国更是不费吹灰之力就能消灭，然后我们再去折磨、打击、踩蹦整个世界。"

在鬼界，幻象鬼是最邪恶、最凶残、力量最强大的一族。这些恶贯满盈的幻象鬼，一听到这个决定都欢呼起来。

第十二章

他们拼合散架人

多萝茜他们离开了纸人村，找到了来时的路牌，重新走上了大路。他们走过美丽的乡村，黄昏的时候来到了一个农舍，奥兹国的农舍是一定会给多萝茜准备最好的晚餐的。所以他们美美地饱餐了一顿，然后又舒适地睡了一个晚上。

第二天早晨，他们吃过早饭后，早早地上路了，坐在红马车上愉快地前进。锯木马是不知道什么是疲惫的，所以他就算日夜兼程也没问题。多萝茜不知道锯木马是不是需要睡觉，但是她看到的是他从不睡觉。

天气很好，天朗气清，阳光普照。

锯木马在阳光里稳稳地走，大家呼吸着新鲜空气，心情别提有多好了。大约过了三十分钟，他们看见了一个路牌，上面写着：前方是散架城。

"哦，不错的地方，我们就走这边吧。"多萝茜说。

"啊？我们难道要去散架城吗？"奥姆比问道。

"是的，为什么不呢？我可听说他们非常好玩呢，奥兹玛也觉得我会喜欢。"多萝茜说。

"听着这名字就觉得有趣极了，但他们到底是什么呢？也是纸人吗？"爱姆婶婶问。

"我觉得应该不是，"多萝茜笑起来，"我也不知道他们什么样，我们去看看就知道了，爱姆婶婶，你说是不是？"

"魔法师，你也不知道吗？"亨利叔叔问，

"不知道，我也没去过那里，"魔法师说，"不过我经常听人提起，听说那里的人都很特别。"

"有什么特别之处？"邋遢人说。

"这我就不知道了。"魔法师回答。

他们在去散架城的路上，在路旁看见了一只袋鼠，奇怪的是袋鼠在哭泣，这可怜的家伙两只前爪捂着脸，泪水像两股小溪汩汩从爪缝里淌过，她的身下都形成了一个水潭。

锯木马看见这种情形，马上来了个急刹车，多萝茜也很惊讶，在车上喊道："怎么了，小袋鼠？"

"我——我——我丢掉了——了我的——手——手……"袋鼠哽咽得不能正常说话，一边抽泣着。

"哦，小可怜，她想说的一定是手足，"魔法师说，"或者她和她的亲人走失了，或者是谁死了。"

"不，不，不是的，"袋鼠连忙摆手，"我失去的——的——是——我的手——手——"袋鼠哭得说不出话来了。

"我想，"邋遢人说，"她丢了她的手杖。"

"不，不，是我的手——手——手——"袋鼠还是否认。

"那就是她的手鼓。"爱姆婶婶说。

"应该是她的手提包。"亨利叔叔说。

"我丢掉了我的手——手——手套！"袋鼠终于把话说完了。

"哦，可憋死我了。"黄母鸡说，"你说完了再哭也行啊。"

"我——我——我没法说。"袋鼠答道。

"那有啥啊，现在天气这样好，你根本用不着手套。"多萝茜说。

"你不懂，我非戴手套不可。"袋鼠说着，把两只前爪递到多萝茜面前，"我不戴手套，手会被太阳晒坏的，而且我戴了那么久，不戴就会受风的。"

"胡说八道，"多萝茜说，"我从来不知道袋鼠还要戴手套。"

"那是你孤陋寡闻。怎么能没听说过呢？"袋鼠觉得很奇怪。

"真的从没有听说过，"多萝茜重复着，"你不要再哭了，再哭会生病的。你在哪里住啊？"

"我住在散架城的郊区，"袋鼠回答，"这个手套是一个散架人奶奶给我编织的。"

"行了，你现在赶快回家吧，没准奶奶还能再给你编织一副呢。"多萝茜好心劝道，"我们也是去散架城的，你随我们一起去吧。"

这样，他们又出发了，袋鼠跟在锯木马的身边跳着前进，很快，她就把不愉快的事情抛在脑后了。魔法师看见她心情好点儿了，就问道："散架人都是些什么人？"

"他们都是好人，"袋鼠答道，"当然，我指的是在他们没散架之前，但是他们若是散架了，那还真是一塌糊涂。"

"他们散架是怎么回事？"多萝茜问道。

"他们都是由小块组成的，"袋鼠说道，"他们看见陌生人的时候习惯把自己解散，然后好多人都混在一起，东一块，西一块，很难拼，要是把他们都拼起来，那还真需要时间。"

"那谁会把他们重新拼起来？"奥姆比问道。

"会拼的人呗。"袋鼠说道，"我还拼过很多次编织奶奶呢，因为我对她很熟悉，知道哪些部分是属于她的。等我把她拼好了，她就会给我编织东西，所以我才有了那副手套。但是她编织这副手套要好多天，因为每次我走近她，她都会散架，我重新拼合她，她就继续编织。"

"可是你去了那么多次，已经不是陌生人了，为什么她还会害怕到散架？"多萝茜说。

"谁说是因为害怕才散架，"袋鼠说，"他们散架只是一种习惯，可不是因为害怕。他们不散架前，都很开心快乐的。"大家都认真想着散架人的习惯。锯木马加快了步伐。

"我想散架人也没什么意思，这一块，那一块，如果我们拼不起来，只能把他们清扫干净，再离开。"爱姆婶婶说。

"不，我们还是应该去看看，"多萝茜说，"至少，我们也得在散架城吃完午餐再说啊，或许那里的食物不会散架。"

"是的，那里有很多可以吃的东西，"袋鼠一边追随着锯木马的脚步，一边说，"他们的厨师很优秀的，只要你们把他拼合成功，就可以吃到美味。好了，散架城到了。"

大家都向前望去，大路旁的翠绿草地上，有一座座美丽的房子。

"前不久，有一群蒙奇金人到这里来，拼合了很多散架人，"袋鼠说，"这些新拼合起来的人应该还没有散架，你们只要悄无声息地过去，应该惊动不了他们，他们也就不会散架。"

"好，我们尽量轻一些。"魔法师说。

锯木马停了下来，他们从车上下来，跟袋鼠说再会。袋鼠就回到家里去了。他们控制着脚步落下的声音，一点点向房屋靠近。

他们的脚步几乎没有声音，他们在接近房屋的时候，看见里面有人在活动，院子里也有人。从远处看，他们跟平常人并没有什么不同，可见，他们并不知道有人靠近。

他们马上就要走进一座房子里了，托托忽然在路边看见了一只大甲虫，于是它汪汪叫起来，这时候有很大的嘈杂声从院子里和房子里传来，像豆子落在房顶。大家都想知道发生了什么，便不再蹑手蹑脚地前进，都急忙跑过去看看到底是怎样的情形。

声音就像一阵急雨，过去之后就非常安静。多萝茜他们来到了最近的一座房子里面，眼前的场面让他们大吃一惊。地上满满的都是散开的人，身体的各部分七零八落。这些部分都是木质的，木块都漆得非常好，而且每一块都不相同。

他们从地板上捡起几块，仔细地看着。多萝茜拿的一块是带着眼睛的，那只眼睛正好奇地看着她，但是并不生气，只是不知道多萝茜会对它做什么。多萝茜又拿起了一个鼻子，她试着把它们放在一起，没想到竟然是一张脸上的。

"我要试着找到它的嘴，"多萝茜说，"或许它就会开口说话了。那样我就会知道该怎么做了。"

"那好吧，我们一起来找它的嘴，"魔法师说，"那样就会省力很多。"于是，大家就开始在那堆木块里找它的嘴。

"我感觉这个就是，"邋遢人举着一块木块说，"我看着它就是一张嘴。"他走到多萝茜身边，但是发现无论换什么样的角度，它们都拼不到一起。

"它属于另一个人，"多萝茜说，"要适合我手里这块的，这里应该是弯的，而你找的那块是尖尖的。"

"可是，它总该在这堆木块里面，"魔法师说，"我们再好好找找，也许一会儿就找到了。"

多萝茜又找到了它的一只耳朵，这只耳朵上面还长着一撮红毛。这给大家了一个提示，继续找带红毛的碎片。多萝茜陆续找到了几块，把它们拼在一起时，一个人的头顶出现了，这是个男人。后来，她还找到这个男人的另一个眼睛和耳朵。就在这时，奥姆比举着一张嘴过来了，没想到，真的是这个人的嘴。整个脑袋拼完了，大家都很开心。

"我觉得这像拼图一样好玩，你们觉得呢？"多萝茜说，"我们再找找他的身子吧，他很快就能成为一个完整的人了。"

"可是我们不知道他的身体是啥样的啊，穿什么衣服？"魔法师说，"我看到蓝大腿和绿胳膊，要不要给他试试？"

"我穿的是厨师服，是白色的，还有一条围裙，"刚拼起来的头说，"我是厨师。"

"哦，真是很感谢，"多萝茜说，"多亏把你的头拼好了，不然不知道我们要拼多久才行。而且，我最希望找到的就是厨师，因为我饿了，没想到这么幸运。"

现在拼图游戏简单了，因为有了厨师的指点，一切看起来都快多了，大家都把精力集中在拼合厨师的身体上，最后，你找来一块，我找来一块，很快就成为一整个人了。

厨师一拼合好，就向大家鞠躬致意："你们肯定饿了吧，现在我得去厨房给你们准备晚餐了。这些人够你们拼合好一阵子了，不过我可以给你们个建议，你们从齐格尔维茨爵士开始拼吧，他叫拉里，是个十足的胖子，秃头，背心是粉红的，上衣蓝色，穿着长裤，哦，等等，裤子是——咖啡色。前几年有个人拼他的时候落下一块，现在他走起来有点瘸，但是还好只是瘸而已。他在这个城里人缘最好，而且，他还记得其他人的组合部分，会帮助你们的。好了。我去做饭了，你们还是把他先拼出来吧。"

"谢谢你的建议，"魔法师说，"我们一定会照办的。"

还是爱姆婶婶最先找到了齐格尔维茨爵士的粉色背心。"我找到了他的粉背心，可是，你们不觉得这样很无聊吗？不过，在吃晚饭前，把这些垃圾清理掉也是必须要做的事情，亨利，加把劲，找找他的秃头。"

于是，大家都起劲地去找。比莉娜真是一大功臣，她眼睛特别好使，东看看，西看看，就在角落里找到了齐格尔维茨爵士的秃头，还注意看一下缺少哪几块，然后从木块堆里很准确地找出来。在比莉娜的努力下，大

家很快就把齐格尔维茨爵士整个人拼好了。

现在齐格尔维茨爵士站在了大家面前。"感谢你们，亲爱的朋友，"齐格尔维茨爵士兴奋地说，"我还没在这么短的时间里被拼合过，所以你们是最聪明的人，以往我都是拼合的最大难题。"

"那是你不知道，"多萝茜说，"在堪萨斯州，我们最热衷的就是拼图游戏，这种游戏对我来说不过就是小把戏，但是，拼你们稍微有些难度，因为拼图是平面的，而你们是立体的。"

"哦，谢谢你说我有点难度，"齐格尔维茨爵士说，"如果我不能成为一个难题，那么我把自己散成碎片也没什么意思了。"

"那你们为什么要散开呢？"爱姆婶婶不太喜欢拼图的游戏，"你们就好好待着不挺好的吗？"

齐格尔维茨爵士脸上有些不悦，但是他还是很有绅士风度地说："尊贵的太太，每个人的生活方式都不一样，都有属于他自己的特点，我的不一样就在于我可以把自己散成一堆木块，而你的特点你心里也很清楚，但不管那特点是什么，我都不会觉得不耐烦。"

"哈哈，爱姆，你现在得到了最好的评价，"亨利叔叔说，"这个地方尽管非常奇怪，但是我们也不可以按照自己的方式去要求别人。"

"如果我们没按照自己的方式，那就让他们永远散着好了，干吗还费力地去拼合他们呢。"爱姆婶婶的话引得大家的赞同，大家都笑了。

这时候，奥姆比找到一只拿着编织针的手，于是他们决定先把编织奶奶拼合好。编织奶奶确实很容易拼合，一会儿工夫就已经完整地站在大家面前了。她是个性格开朗的老奶奶，笑着对大家点头，对大家都很热情。多萝茜马上告诉她袋鼠因为丢了她编织的手套而哭泣的事，她马上就动手要给袋鼠再编织一副。

现在到了大家用餐的时候了，厨师的厨艺真是了不得，一大桌美味呈现在眼前。齐格尔维茨爵士坐在主人的位置上，陪客的位置坐着编织奶奶，其他人也坐好，尽情地开始进餐，他们度过了一段愉悦的晚餐时间。

晚饭过后，他们又到院子里拼合了几个人，对于多萝茜来讲，这简直是最有意思的事情，但是魔法师提醒大家该上路了。

"可是，我们总不能把这些散着的人就这样留在这里不管吧，毕竟是我们让他们变成这样的。"多萝茜难过地说。

"那倒没什么，"齐格尔维茨爵士说道，"因为每天都会有蒙奇金人和温基人来这里，他们以此为乐，所以这些散着的一会儿也就被拼好了。不过我还是希望再看到你们，欢迎你们下次再来。"

"你们不能彼此拼合吗？"多萝茜问。

"我们散开只是为了给别人带去拼图的快乐，我们自己人都很熟悉彼此，没必要那样做的。"齐格尔维茨爵士说。

于是，他们告别了散架人城，上了马车，又开始了新的旅程。

"这真是一群奇怪的人，"爱姆婶婶说，"可是我真的不觉得这有什么意义。"

"你不觉得他们带给了我们好几个小时的快乐时光吗？"魔法师说，"虽然，对他们自己来说没什么，但是对我们来说快乐就是意义。"

"我也这样觉得，拼他们比我平时玩纸牌和扔飞刀有趣多了，"亨利叔叔认真地说，"我觉得散架人城还是挺有意思的，不虚此行。"

第十三章
嘎夫将军回到矮子精王国

嘎夫将军回到了矮子精国王的地洞，矮子精国王问："回来了，可带回来好消息没有？"

嘎夫慢条斯理地说："当然是好消息，怪头鬼答应跟我们合作，并且一定会全力作战。"

"不错，那你一定是答应他们什么条件了吧？"国王说。

"是的，我答应他们说陛下会用魔法腰带把他们的小头换成真的大头，你看可以吗？"嘎夫说。

"我看行，这事简单，"红烟火王说，"事情办得不错，嘎夫，征服奥兹国指日可待。"

"我还没有禀报完，有的消息还没说。"嘎夫说。

"什么？还有吗？好消息坏消息？"红烟火王有点儿急。

"当然是好消息了，陛下。"

"那说来听听。"国王说。

"咆哮鬼也答应跟我们合作。"老矮子精笑着说。

"哦?"国王明显很吃惊,"这是真的吗?"

"是的,"嘎夫说,"我真的做到了,他们答应跟我们合作。"

"那么你答应给他们什么?"国王还是不太相信,因为咆哮鬼的恶名更加响亮。

"他们要奥兹人当他们的奴隶,"嘎夫回答。他没有告诉红烟火王,咆哮鬼要的是两万奥兹人,他觉得等征服奥兹国后再说也不迟。

"哦,这个也简单,"国王说,"你此行功劳很大。嘎夫,我的将军,谢谢你。"

"我还没说完。"嘎夫有点骄傲了。

"哦,还有吗?"国王很期待。

"是的,陛下,我还访问了幻象山的天字第一号,他也答应帮我们征服奥兹。"

"什么?幻象鬼?嘎夫,我没听错吧?"国王简直太惊诧了。

"是的,陛下,你没听错,我说的都是真的。"嘎夫越来越得意。

可是国王却有些犹豫了。

"嘎夫,"他有些担心地说,"我感觉天字第一号没那么简单就会答应你,他们对我们也会构成威胁。如果那些恶鬼真的下山，他们也会像征服奥兹国一样征服我们的。"

"我呸！"老矮子精说，"你这是什么见识，天字第一号是我们的朋友，当然不会伤害我们，我在那里受到了礼遇，他们对我很是客气。"

老矮子精心里明白，幻象鬼很可能像红烟火王说的那样，但是他为了自己的脸面，死活也不能说出自己在幻象鬼那里被虐待的事情。

红烟火王这时完全相信老矮子精的话了，他赞许地说："嘎夫，你太有本事了，真是幸亏你是我的将军，那么天字第一号的条件是什么呢？"

"他们可是什么都不缺，以他们的法力，要什么都可以。他们攻打奥兹国就是为了快乐，他们喜欢破坏别人的幸福生活。只要能让别人不快乐，就是他们最大的快乐。"

"那他们答应什么时候到了吗？"红烟火王还是很担忧。

"隧道挖成的那一天，他们自会来到的。"嘎夫说。

"我们现在已经成功一半了，"国王说，"我们的速度已经很快了，因为中间经常会有坚硬的岩石，等岩石地带一过，挖起来就会轻松很多，会很快完成的。"

"等到隧道建成的那一刻，幻象鬼、怪头鬼、咆哮鬼会一起出现的。"嘎夫说，"所以奥兹国现在已经是我们的囊中之物，就让他们再快乐一阵子吧。"

国王忽然陷入沉思。

"我忽然觉得，应该我们独自去征服奥兹国，"他说，"咱们的三大同盟者都太强大，太危险，他们到时候要得到的，比他们现在要求的多得多。只怕到时候危及我们。我们还不如自己去攻打奥兹国。"

"这肯定是做不到的。"嘎夫肯定地说。

"怎么就做不到？"国王问。

"你不清楚吗？咱们曾经跟奥兹人交过手，你已经输过一次了。"嘎夫严肃地说。

"那是因为他们使用了鸡蛋，"国王一想到这，不禁浑身发抖，"矮子精士兵怎么能忍受鸡蛋的折磨呢，那是最大的毒药。"

"对，这确实是真的。"嘎夫表示同意。

"但是我们这次是突袭，跟上次不一样，我们可不给他们准备鸡蛋的时间。上一次是因为多萝茜那个臭丫头的黄母鸡，不知道那只可恶的鸡怎么样了，但是奥兹国里是不会有鸡蛋的。"

"你说的不对，"嘎夫说，"奥兹国的黄母鸡现在已经发展成一个大家族了，他们有成千上万的鸡蛋不知道怎么用。我回来的路上遇见一只老鹰，他说他前不久想去奥兹国抓几只小鸡吃，但是都没成功，因为有魔法保护他们。"

"这真是个坏消息，"矮子精国王发愁了，"不能比这更坏了。虽然我们矮子精士兵都很善战，但是我不能怪他们忍受不了鸡蛋。"

"放心吧，他们再也不用看见鸡蛋了，"嘎夫说，"我也很害怕鸡蛋，我可不想去冒险。我的计划是先让怪头鬼做先锋，最先通过隧道，然后是咆哮鬼和幻象鬼。这样等我们去的时候，鸡蛋估计早就用完了，我们就开始征服那些普通的百姓。"

"希望你的计划是正确的，"矮子精国王开始叹气，"不过，我必须俘虏奥兹玛公主和多萝茜那个小丫头，她们都很漂亮，我不想让她们成为奴隶，我要把她俩变成瓷器，摆在我的床头或者壁炉架上，我要亲自看管，不能让女仆打碎她们。"

"那是应该的，陛下，这两个女孩子就交给你处理，我可没什么心思。我现在只想着快点把隧道完成，我们也好尽快实现征服奥兹国的计划。"

"没问题，给我三天时间吧，"矮子精国王说，"我保证三天之内，肯定完成。"他说完就去监督挖隧道的矮子精们去了，他看到大家都在竭尽全力地干活。

第十四章

魔法师的魔法

离开了散架人城，魔法师问："现在我们该往哪个方向进发呢？"锯木马仍然不停地向前走。

"奥兹玛公主为我们安排的行程，"多萝茜回答说，"下一站应该是啰唆人城，然后是铁皮人的城堡。"

"这听起来是个好主意，"魔法师说，"不过去啰唆人城的路是哪一条呢？"

"我也不清楚，"多萝茜说，"但是我想这条路应该在西南方向。"

"那我们干吗一直往回走呢？"邋遢人提出疑问，"从这里抄近路，不是可以省掉很多时间吗？"

"但是这里没有近路啊。"亨利叔叔说。

"所以，我们还是得回到最初的路牌那里，这样我们才能知道哪条路是通向啰唆人那里的啊。"多萝茜说。

锯木马走了不久就停下来了，因为他听见大伙儿关于小路的议论，说

道：“这里有条小路。”

大家看过去，的确，这里有条不容易看到的小路，就在大路的分岔处，穿过绿地和浓密的树林，通向西南方向。

“我们可以试试看，”奥姆比说，“这条路看起来不错。”

“好吧，”多萝茜说，“那就让我们试试这条路是不是捷径，毕竟我们都急于看到啰唆人。”

大家也都同意了这个提议，于是他们走上了小路，锯木马还是轻快地跑着。这条路虽然是小路，却很好走。

他们起初还能看见几个零散的住户，但是渐渐地就只剩下草地和树木了。不过他们一路都很愉快。爱姆婶婶和比莉娜就如何照顾小鸡的问题开始了辩论。

“我不是说你说的不对，”比莉娜说，“但是，对于小鸡，我比你有经验得多。”

“胡说八道，”爱姆婶婶说，“我都照顾了四十多年小鸡了，比莉娜，你不知道，要想让她们多下蛋，就要饿着她们，如果想吃烤鸡，就得尽力让她们吃饱。”

“什么？你说什么？”比莉娜叫起来，“烤鸡？你是说要烤我的小鸡？”

"对啊，难道她们不是为了给我们吃的吗？"爱姆婶婶也很吃惊。

"当然不是，爱姆婶婶，"多萝茜连忙说，"奥兹国的人是不吃鸡的。你不知道，比莉娜是我带来这个国家的，她是这里的第一只母鸡，人们都很喜欢和尊敬她，就像人们对比莉娜一样，他们也很爱那些小鸡。"

"那么，鸡不吃，鸡蛋呢？"爱姆婶婶吃惊极了。

"哦，鸡蛋，如果我孵小鸡用不完的话，就让人们吃鸡蛋。"比莉娜说，"事实上，他们都很喜欢我们的蛋，不然鸡蛋就糟践了。"

"这真是太离谱了。"爱姆婶婶觉得不可思议。

"抱歉，"锯木马忽然停下来说话，"前面已经没有路了，我们该怎么办？"

大家看了一下，果真，路在此处没有了。

"那我们只要去西南的方向就对了，只要是西南方向，有没有路并不重要。"多萝茜说。

"那倒是，"锯木马回答，"我可以把车轻松地拉过草地。但是之后要去哪里呢？"

"草地一过，那边就是森林了，"魔法师说，"那就是我们要去的方向，

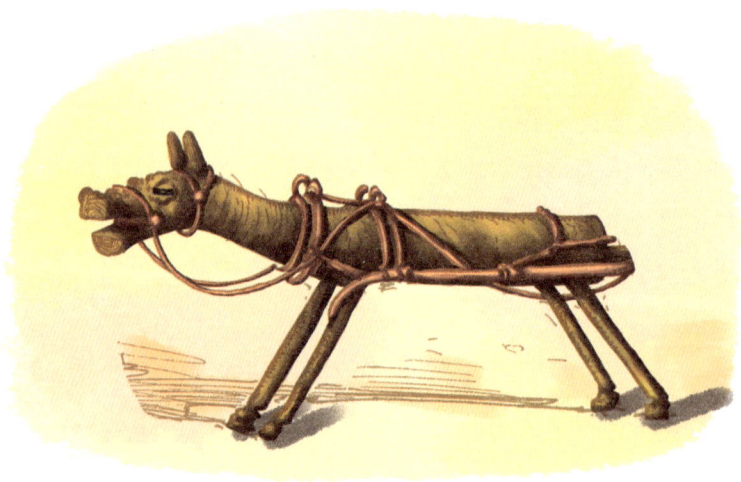

所以你就朝着森林前进吧，锯木马，错不了的。"

锯木马开始全速前进了，草地上的草是那么柔软光滑，简直是天然的润滑剂，所以锯木马拉起车来一点儿都不费力。但是毕竟没有了路，多萝茜还是有点担心，怕方向上出现错误。

这里除了草地就是树林，没有人烟，所以没有人可以为他们指路。奥兹国的美丽没有延伸到这里来，他们觉得这个地方有点不一样。

"我们好像迷路了。"爱姆婶婶最先打破沉默。

"没关系，"邋遢人说，"多萝茜和我都迷路过很多次了，但是最终我们都能找到方向的。"

"不过，我们要是不赶紧找到人家，恐怕要挨饿了。"奥姆比说。

"没事的，好在我们曾在散架人城饱餐了一顿，不至于饿死。"亨利叔叔说。

"虽然在奥兹国从没有人被饿死，我也相信奥兹国不会饿死人，"多萝茜说，"但是我们可能会挨饿。"

只有魔法师没有说话，他看起来也很淡定，一点儿都不着急。锯木马是不知道饥饿为何物的，他仍然全速前行，但是森林仿佛太远了，远得总是跑不到。现在已经到黄昏了，他们到达了一个看起来很美丽的地方，地上都是厚厚的松软的青苔，树上都爬满了花藤。

"这里是一个很好的露营地，我们在这里下车吧。"魔法师说，"停下来，锯木马。"

"什么？露营？"大家一起问道。

"是啊，露营。"魔法师说，"天马上黑下来了，难道我们要在夜里穿过森林吗？所以我们只好在这里休息一晚，然后吃点东西，明天天亮再动身。"

所有人都用疑惑的眼神看着魔法师，爱姆婶婶不满地说："我们也没带帐篷来，难不成要睡在马车底下吗？"

"还说吃东西呢，难道青苔可以吃吗？"邋遢人叫道。

多萝茜却丝毫都不着急，仿佛她什么都不怕。

"你们不要担心了，别忘了，我们是带着魔法师出来的，"多萝茜笑着说，"他几乎什么都能做到呢！"

"哦，原来如此，我都忘记了，我身边竟然坐着伟大的魔法师。"亨利叔叔半信半疑地看着那个干瘪的老头。

"我可没忘记。"比莉娜咯咯地笑着说。

然后大家看到魔法师走下马车，其他人也只好跟着走了下去。

"我们现在需要一个帐篷，"魔法师说，"谁有手绢，可否借我一用？"

邋遢人和爱姆婶婶分别给他一个手绢，他把自己的手绢也掏出来，把三个手绢平铺在草地上，后退一步，对着手绢挥动着他的左手，口中说道："帆布帐篷，雪般洁白，快快变出来。"

眨眼间，三座小小的帐篷出现在大家面前，大家看着它们一点点地变大，几分钟后，变成了三个大帐篷，大到每一个都能把他们全都容下。

"第一个，女士们请进去吧，可以稍做休息，多萝茜和你的爱姆婶婶，还有比莉娜。"魔法师说道。

大家都跑过去参观帐篷，里面有两张洁白的床，还有一根让比莉娜站在上面的银栖木。里面铺着地毯，还有几把帆布椅子和一张桌子。

"啊，老天，这真是太神奇了，这里的东西都很漂亮啊！"爱姆婶婶惊奇地看着魔法师，忽然觉得他有点儿可怕，这人的魔法也太厉害了。

"魔法师先生，你是怎么做到的？"多萝茜也有点儿吃惊。

"这你就不知道了吧，这是好女巫格琳达教给我的，比我以前的戏法好玩多了。"魔法师说，"好女巫格琳达知道我将要在奥兹国久住的时候，就答应让我做一个真正的魔法师，而不是骗子。因此，我跟她学习了很久，现在，我终于可以变些了不起的东西了。"

"这些帐篷真的很了不起。"多萝茜说。

"好了，男士们，来看看你们的帐篷吧。"魔法师说道。于是大家走到第二个帐篷里，发现这里面有些邋遢，因为这是邋遢人的手绢变出来的，里面也摆着四张床，分别是给亨利叔叔、奥姆比、邋遢人和魔法师睡的。托托可以睡在柔软的地毯上。

"现在我们去看看第三个帐篷吧，那里是我们的厨房和餐厅。"魔法师说。大家走进第三个帐篷，发现里面有餐桌、餐盘，还有一些锅灶。魔法师把锅拿出来，挂在帐篷前搭好的架子上，邋遢人和奥姆比赶紧跑去捡树枝生火。

"现在，"魔法师说，"该轮到你了，多萝茜，我希望你能为我们大家做出美味的晚餐。"

"可是，尊敬的魔法师先生，"多萝茜说，"什么食材都没有，我怎么能做得出来呢？"

"你确定吗？"魔法师问。

"是啊，我并没有看见什么能吃的东西啊，而且你刚刚拎出来的是个空锅。"多萝茜肯定地说。

"不管怎么样，亲爱的，你就看好锅吧，别让东西煮过头了，那样可就没办法吃了。"魔法师狡猾地眨着小眼睛。

"几位男士，请跟我去森林里找干净的泉水吧。"魔法师说着先走了，邋遢人、亨利叔叔、奥姆比都连忙跟了过去。

"我觉得魔法师在戏弄我们，我也看见那个锅就是空的，他刚挂上去的时候我就发现了。"爱姆婶婶看着他们走远了，对多萝茜说。

"这有什么担心的，"比莉娜说，此刻她就蹲在篝火旁的草地上，为多萝茜和爱姆婶婶打着气，"等到锅拿下来的时候，你们就会知道，里面就是今天的晚餐，但是我觉得肯定不是可怜的小鸡。"

"多萝茜，这只母鸡看起来一点儿礼貌都没有，"爱姆婶婶皱着眉头看着比莉娜，"是谁教她说话的，她不会说话或许更好点。"

如果不是男士们提着泉水及时赶到，比莉娜或许又会跟爱姆婶婶发生争吵。魔法师说，多萝茜是一个出色的厨师，所以他相信晚饭都已经做好了。

亨利叔叔于是把锅从架子上取下来，把里面的东西倒进魔法师端着的大盆子里。大家看到一大盆滚烫的美味肉汤，里面还有蔬菜和饺子。

魔法师有些得意，他把肉汤端进餐厅，放在了餐桌上。餐桌上还有好几个食盒，他们打开后，发现里面有黄油、干酪、水果沙拉、面包和蛋糕。

　　大家并没有问这些东西是从哪里来的，他们只管享用这美味的晚餐。每个人都吃得很开心，托托和黄母鸡也吃得饱饱的。大家用餐结束后，爱姆婶婶对着多萝茜耳语："这些都是魔法食品，估计没什么热量，吃完很快就会饿的，而且估计营养也不是很足。但是，我觉得这是我吃过的最美味的晚餐。"她抬起头大声问道："盘子归谁洗？"

　　"用不着，太太，"魔法师说，"它们会自己洗的。"

　　"天啊！"爱姆婶婶吃惊地叫道，不停地揉搓着双手，因为就在刚刚她还看到满桌狼藉，现在竟然全都收拾得干干净净、整整齐齐了。

第十五章

多萝茜迷路

草地上的夜晚很美丽，星星满天，大家围坐在帐篷前，开始谈天说地，一起消磨着睡前的美妙时光。

他们正说得开心，一匹斑马不知道从什么地方跑来了，他对大家说："你们好，各位朋友。"

大家回头看过去，这是一匹很俊朗的斑马。光滑细密的鬃毛浑身油亮，条纹清晰，尾巴也很柔顺地垂着，还有细长的头颈和蹄子。

"你好，斑马，"奥姆比说，"有什么我可以为你做的吗？"

"我有一个问题想请教你们，"斑马说，"我一直在和别人争论，世界上是水多还是陆地多。"

"那你是跟谁一直在争论？"奥姆比问。

"螃蟹，一只软壳螃蟹。"斑马回答，"你们不知道他有多骄傲，从我去他住的那个池子喝水那天，我就告诉他，陆地比水多，但是他总是不信，还一直跟我争论。今晚，我说他是一只微不足道的水中小生物，他还说水

是最重要的，不知道比陆地重要多少倍。所以，我见到你们的帐篷，心想你们肯定知道这个问题的答案，就来寻求帮助，如果我得到答案，我就不会被那愚蠢的家伙困扰了。"

大家饶有兴趣地听完后，多萝茜问道："那么现在，那只软壳螃蟹在哪里？"

"就在不远的地方，"斑马说，"如果你们能够答应我为我们解决这个问题，我这就去把他叫来。"

"那你去把他叫来吧。"多萝茜说。

斑马于是快跑着离开了。等到他回来的时候，大家发现，他浓密的鬃毛上挂着一只螃蟹，正用钳子紧紧地抓着斑马的鬃毛。

"到了，下来吧，我亲爱的伟大的螃蟹先生，"斑马说，"我说的仲裁家们都在这里，他们远比你我要见识广博，他们的足迹遍布世界。现在让他们来解决这个问题吧。"

"世界可比奥兹国要大。"螃蟹说。

"对啊，"多萝茜说，"远比奥兹国要大很多很多，我住在美国的堪萨斯州大草原，我还去过加利福尼亚，还有澳大利亚——还是跟亨利叔叔一起去的。"

"唔，我呢，"邋遢人说，"我去过许多西部的国家。"

"要说我，"魔法师说，"我到过欧洲大陆。"

"看见了吧，"斑马说，"螃蟹先生，这可都是权威人士，他们每个人都去过很多地方。"

"好吧，他们一定知道世界上到底是水多还是陆地多。"螃蟹有点揶揄地说。

"他们一定觉得你一直都活在谬误里，水怎么会比陆地多呢？再有，你确定你是一只螃蟹而不是一只龙虾吗？"斑马说。

螃蟹听了这话非常生气，使劲用钳子夹斑马的耳朵，斑马疼得嗷嗷直叫，蹦跳着想甩开螃蟹。

"松开，"斑马叫道，"你刚刚已经答应我了，我把你带到这里来，你不会夹我的。"

"可是你也答应过我，不会嘲笑我。"螃蟹说。

"我什么时候嘲笑你了？"斑马问道。

"就在刚刚，你说我是龙虾。"螃蟹气呼呼地说。

"尊贵的朋友们，请原谅我这位朋友的无知和愚昧，"斑马不理螃蟹，转向多萝茜他们说，"请你们告诉他，这世上陆地肯定比水多吧，这样他就不会那样骄傲自大了，也不会用他讨厌的钳子夹我了。我要把他扔回小水池，让他谦虚地活着。"

"可是，我们不能按照你说的告诉他，"多萝茜说，"因为你说的不对。"

"什么？"斑马惊讶地叫道，"你竟然说我是错的吗？"

"对啊，你说的不对，"魔法师说，"螃蟹先生说的是对的，这个世界上水比陆地多。"

"不对，不可能的，"斑马说，"有一次我想找点水喝，可是走了好多天都没有看到一滴水。"

"你去过大洋吗？"多萝茜问。

"没有，那是什么？"斑马说，"奥兹国没有大洋。"

"是的，但是全世界有好几个大洋，"多萝茜说，"如果坐船在大洋里航行，好几个月都见不到陆地，所有大洋加起来，会比陆地大得多，地理书上就是这样写的。"

"哈哈，"螃蟹大笑起来，"斑马先生，现在你该知道到底是谁输了吧？"螃蟹的笑让多萝茜想起黄母鸡下蛋时那咯咯的叫声。

"好吧，谁让我没看过地理书呢！"斑马看起来输得比较心服。

"你可以去服用一颗地理药丸，"比莉娜安慰他说，"那是奥兹国最伟大的魔法师的发明，只要吃了药丸，你就什么都知道了。"

螃蟹这时候又开始放肆地大笑，这一笑让斑马很是生气，他想使劲把他从身上甩下来，可这使得螃蟹更加用力地夹他的耳朵。多萝茜只好严肃地说，如果他俩再不安静下来，就回大森林去吧。

"对不起，打扰你们了，"斑马说，"一直以来，我们都为这个问题争辩，现在恐怕我每次喝水都要被螃蟹嘲笑一番了，我只能换个地方喝水了，我实在不想看到这软壳的家伙了。"

"随便你，你这愚蠢的斑马，去找你的新水源吧，"螃蟹扯着小嗓子使劲喊道，"你都不知道你每次用你那细小的蹄子搅动我的池水时，我有多烦你，现在，赶紧别再打扰聪明的我了。"

斑马和螃蟹于是争论着消失在了森林深处。这时候夜已经深了，大家

都觉得有点儿累了，就都上床休息了。

第二天清晨，天刚蒙蒙亮，多萝茜早早醒来，她睡不着了，于是就穿好衣服走出帐篷，爱姆婶婶还没醒。

她看到比莉娜已经在找虫子当早餐了，另一个帐篷里的男人们还都睡着。她实在无聊，就到森林去散步，也想顺便找一下有没有哪条路可以通向西南方向。

她走出没多远，黄母鸡拍着翅膀跑过来，问她："你要去哪里啊，多萝茜？"

"我只是想四处走走，比莉娜，或许还能找到出去的路。"她回答。

"那也带上我吧。"比莉娜说，话音刚落，托托就追了上来。多萝茜也把托托带上了。黄母鸡跟托托本来不和睦，因为托托总想去咬她的羽毛，但是现在他们的关系缓和多了，因为多萝茜找他们都说了说，然后他们知道了小狗也不是非咬鸡不可，鸡也不必怕小狗。朋友之间应该和睦相处，互助互爱。所以他们的关系逐渐好起来了。

天越来越亮，就算是森林里也看得清一切了，多萝茜觉得空气十分清新，所以她心情很好。她带着比莉娜和托托走了一会儿，发现前方依旧没有路，就换一个方向再走，但是仍然一无所获。他们穿越了灌木丛和树林，走了很远，还是没有找到一条他们想要走的路。

"我们还是回去吧，时间也不早了。"黄母鸡提议说，"大家估计也都起来准备早餐了。"

"好吧，我也有点饿了，"多萝茜说，"让我想想，帐篷应该在这边。"

于是黄母鸡和托托就跟着多萝茜走向了这边，但是他们走了很远的路，也没看到帐篷。多萝茜停下来，仔细辨认着。托托用棕色的小眼睛看着多萝茜的脸，还摇晃着小尾巴，好像在告诉多萝茜出了问题。但是它是不会说话的，也不知道怎么表达，它一直在灌木丛里钻来钻去。比莉娜也不知道方向，因为她一路上只顾着啄食青苔上的虫子。

"你是不是不记得来时的道路了。"黄母鸡看着多萝茜茫然的样子问道。

"是的，我找不到帐篷了。"多萝茜老实地回答，"你记得吗？"

"我没留意，多萝茜，"黄母鸡说，"我真粗心，没想到你也会迷路。"

"是的，我也没想到，我也很粗心，我应该做点标记。"多萝茜说，"站在这里发愁也没用，我们还是随便找一个方向走吧。"

于是她胡乱地选了一个方向说："我看那里差不多能走出去。"

黄母鸡和托托就跟在多萝茜的后面朝着这边走了，可这边道路很难走，爬藤和树枝很多，多萝茜被绊倒了几次。

"站住！"一个声音高叫道。

多萝茜左右前后看了看，也没发现什么东西，但是比莉娜说："哦，那是什么？"

"你能看见吗？"多萝茜问道。托托狂叫着，顺着托托的视线，多萝茜才看见了什么东西。

原来，他们被一圈饭勺围住了，这些饭勺都直立着，还拿着宝剑和步枪，他们的小脸是画在勺子上的，那样子看起来还挺凶。

多萝茜不禁住大笑起来。笑过之后，她问道："你们都是些什么人啊？"

"我们是饭勺兵。"一把大饭勺说。

"我们的国王是斩肉刀。"另一把饭勺说。

"你们都不许动，你们是我们的俘虏。"旁边的那把说。

多萝茜饶有兴趣地看着他们，她有点儿累，就找了个树墩坐了下来。

"你们不怕我放狗咬你们吗？"多萝茜开玩笑地说。

"不怕，只要它过来，我们就用枪打死它。别看它比我们大很多，我们的枪却是很厉害的。"

"多萝茜，不可以冒险，"黄母鸡警告她说，"虽然我们身在奥兹，可是我们都是普通人，我们没有法力的。"

多萝茜听了黄母鸡的话，谨慎起来。

"你说得对，比莉娜，"她回答，"但是这太可笑了，我们竟然被一群饭勺捉住了。"

"很可笑吗？"一把饭勺说，"我们可都是王国的正规军队。"

"你的王国叫什么？"

"器皿王国。"饭勺说。

"我还是第一次听到这个名字,"多萝茜说,"连我们伟大的奥兹玛公主都不曾听说过。那你们知道奥兹玛公主吗?"

"不知道,我们没有什么公主,"饭勺说,"我们都是斩肉刀国王的臣子,只服从他一个人的命令。现在他让我们把俘虏带回去,所以,别再问我话了,赶紧跟我走,不然我会忍不住把你的脚趾头剁下来的。"

多萝茜听到这些,感觉很好玩,于是她又笑起来,她觉得她不是遇到了什么危险,只是一次新的奇遇。所以她很开心地跟着这些饭勺去器皿国,她也想看看斩肉刀国王是什么样子。

第十六章
多萝茜来到器皿国

多萝茜看了看，这些饭勺差不多有一百个，组合成一个四方形，把多萝茜和托托、黄母鸡围在中间。刚走出没多远，托托在晃尾巴的时候，不小心把一个饭勺碰倒了，于是饭勺队长对托托警告说，如果再有下次，肯定把托托的尾巴剁下来，托托吓得低低地叫了一声，表示知道了，然后就

躲到了多萝茜的脚边。这队饭勺走得特别快，多萝茜也得小跑才跟得上他们。

他们走了好一会儿才离开树林，来到了一片空旷的草地，器皿王国就在这里。

草地上有各种各样的器皿，炉灶和烤架就有很多套，大大小小，样子不同。还有碗橱和餐桌，上面都放着各种厨房器皿：平底锅、油炸锅、水壶、叉子、刀子、油勺、汤勺、绞肉机、筛子、细罗、肉锯、熨斗、擀面杖等等。

当多萝茜他们被饭勺队带过来的时候，所有器皿都跳下来，围住了他们，有的还欢呼雀跃起来。

"都向后退！"饭勺队长呵斥着，带着多萝茜他们来到了中间的一个大锅灶前。多萝茜抬眼望去，锅灶旁有个大菜板，菜板上有把大斩肉刀正躺在那里，跷着二郎腿，叼着烟斗。

"陛下，快醒醒。"饭勺说，"我把俘虏给你带过来了。"

斩肉刀国王一听这话，立刻就坐了起来，他盯着多萝茜看了几秒，目光很凶狠。

"软骨和肥肉！"他说，"可是，这个姑娘是怎么回事？"

"我们在巡逻的时候看到了她，就把她当作俘虏带来了。"队长说。

"带她来干什么？"国王半睁着眼睛抽了一口烟。

"为了让大家找点乐子，"队长说，"我们这里太安静了，缺了点儿娱乐，我们都待得生锈了，我愿意大家有点好节目乐和乐和。"

"说得也对，"斩肉刀国王说，"我讲句心里话，队长，你是个非常称职的军官，你的勺子容量很大，而且还亮闪闪的。不过把这些俘虏拉来，我们能做什么呢？"

"你说了算，陛下，"队长说，"你是国王。"

"确实，确实，"国王说，"镰刀和火石的出逃给我们带来了重大的影响，我们的生活变得枯燥无味了。快去叫我的顾问和大臣们，把大祭司和法官也请过来，我要和他们商议后再做决定。"

队长应声退下，多萝茜坐在了一把翻过来的水壶上。她问："你们都吃什么啊，我肚子都饿了。"

"起开，你赶紧起开，从我身上下去。"一个微弱的声音从多萝茜座位下面发出。

"抱歉，请你起来吧，你坐在我的朋友水壶身上了。"国王说道。

多萝茜立马站起来，水壶马上把身子翻过来，用生气的目光瞪着多萝茜。

"你胆子不小，连我也敢坐，"水壶生气地说，"我可是国王的朋友。"

"我希望能有把椅子坐。"多萝茜说。

"那你坐在炉灶边吧。"国王说。

多萝茜就坐在了炉灶边的炉格上，器皿国的百姓都好奇地围在多萝茜的脚下，观望着。托托蹲坐在多萝茜的脚旁，黄母鸡在炉灶顶上站着。

所有的朝臣都来了。他们浩浩荡荡的队伍跟百姓的人数差不多。国王用身体敲击着菜板，大家这才安静下来。然后他开口讲话："器皿王国的百姓和朝臣们，我们的勺子队长今天抓来了三个俘虏，正如你们看到的，他们都在这里。勺子队长是为了——为了——为了什么我也不知道。所以，现在请你们都仔细想想，这些俘虏该怎么办？到底该如何安排他们，你们给我出个主意吧。筛子法官，请你到我身边来，这件事的细节需要你过问一下。细罗大祭司，你过来我这边，请一定要秉公办理此事，不能徇私枉法。"

这两位大臣站好以后，多萝茜好奇地问："为什么要细罗当大祭司呢？"

"因为在器皿王国里，他懂得最多。"国王回答。

"当然还有我，"一个筛子说，"谁也没有我身上的洞多。我全身都是洞。"

"我们需要一个现代化的筛子，"国王厉声说道，"这老式筛子太多嘴了。给国王排忧解难是你们的职责，现在都快想想办法如何解决这些俘虏吧。"

"我觉得，应该分好多次把他们杀死，直到完全死了为止。"胡椒瓶兴奋地跳着说。

"请冷静，胡椒先生，"国王说道，"我知道你一直都会出最辣、最狠的主意，不过你需要补充一下常识。杀死一个人一次就够了，而且我觉得没有必要杀死这个小姑娘。"

"对，你说得太对了。"多萝茜说。

"抱歉，请你闭嘴，这件事上，你没有发言权。"斩肉刀国王说道。

"为什么没有？"多萝茜问。

"你不会做出公正的判断的，这样会使得我们做错事。"国王说，"好了，现在谁再出个主意？"

"我倒是希望我能摆平这件事，"熨斗说，"这是我力所能及的工作。"

"公作？公作，这小女孩可是个母的，谁说她是公的！"开瓶器疯狂大叫。

"你知道些什么吗？"国王问。

"当然，我是律师，"开瓶器说道，"开瓶的时候没我可不行。"

"什么开瓶，是开庭，这里在审俘虏，不是开瓶子搞庆祝，"国王说，"而且，你的意见太偏激，可能开瓶子你是把好手，但是这件事情你也不要介入了。"

"也好，"开瓶器说，"看来，我只有去开瓶子了。"

"那我也去熨衣服了，陛下，"熨斗说，"我觉得我没法判断俘虏是否有罪，我觉得可能是我们考虑得不够周全。"

"去吧，你们俩都去吧。现在我想听听亲王的意见。"国王说。

一把切肉刀走上前来，端庄地鞠躬。"队长和这个小姑娘都有错误，"亲王说，"但是现在错误已经酿成，我们只好拿出看家本领，斩切个痛快。"

"对，说得好，说得好，"剁肉刀扭动着肥胖的身体说，"那我们一起把他们做成肉糜、鸡肉酱和狗肉香肠吧！"

全国百姓沸腾了，他们都同意这个说法，国王只有再敲击菜板，才能让所有人安静下来。

"诸位朝臣，"国王说，"你们出的主意都太恶毒了，而且都太血腥，但是也不怪你们，你们都是群带着刀尖的家伙，但是你们得给我充足的理由。"

"啰唆，斩肉刀陛下，你能不能有点决断，"一个炖锅在国王面前放肆地说，"你知不知道历代国王都是很痛快地做每件事情的，你不但话多，还没有自己的主见，你是一个没有脑子的大傻瓜吗？"

斩肉刀听了，非常无奈地叹息着。

"看来我得消灭我们国家的炖锅了，"他说，"这些家伙总是在炖东西，溅出那么多油点，弄得一团糟。现在，你这只炖锅赶紧去上吊吧，用你那长柄把自己吊起来吧。我再也不想看见你。"

多萝茜听到这里，已经胆战心惊了，她觉得这些器皿简直太惨无人道了，或许是因为这些物件太没有修养了。

于是她对那个似乎不太配管理这个王国的国王说："陛下，还请你早下决断，你不知道，这种等待着看自己命运如何被决定的过程太难熬了。"

"又跟以前没什么两样，非得我出面解决了，"一个烤架出来说，"非得像这种时候。"

"等等，我有个问题，"一个开罐刀说，"这个小姑娘到底是谁，来这里干什么？她是怎么遇到饭勺队长的，哦，应该是我们的舀舀队长。小舀舀，

还有这个小女孩是什么人，从什么地方来的，要到哪里去，去干什么，什么时候去……"

"停，叽喳爵士，你说的这些没什么用，所以闭上嘴吧。"

国王说完就把烟斗又点着了。

"我想知道，说什么样的话能跟这次事情有关，"一个土豆捣碎机问道，"我感觉这个女孩很可爱，她有权利在森林里散步，就跟我们在森林里散步一样。"

"到底是因为什么把小女孩抓起来的，"一根擀面杖问，"她做了什么违法的事情吗？"

"不知道，"国王问，"队长，她到底做了什么？"

"我也很纠结，陛下，可是她确实没做什么。"饭勺队长回答。

"你们觉得我应该做什么？"多萝茜问道。

这一问把大家都问住了，最后，一个急脾气的火锅受不了了，他说道："到底有没有谁能解决这件事？要是没有，各位请原谅，我还有事，我先走了。"

一听火锅这样说，一个厨房大叉子说："还是让我们听听筛子法官的说法吧。"

大家都表示同意，于是筛子法官慢慢地巡视着大家，然后说道："我想了想事情的来龙去脉，我觉得就是小女孩坐在锅边有点无礼，剩下的都很合理，所以我只能宣布把她当庭释放。"

"什么？释放？"多萝茜叫道，"我这辈子还没听过这个词，我可不用释放，如果你们没什么事，我要告辞了。"

"好吧，随便。"国王说，"你和你的伙伴们想去哪里就去哪里吧，你们自由了。"

"感谢你，"多萝茜说，"但是我肚子饿了，有没有什么东西可以给我吃？"

"林子里有黑刺莓可以尽情享用，"国王说完就又躺下了，他累了，想要睡觉了，"器皿王国哪里需要吃什么东西，这些我都知道。"

于是多萝茜站起身来，对托托和比莉娜说："走吧，我们还是去找我们的帐篷吧。对，先摘些黑刺莓吃吧。"

器皿王国的百姓和朝臣都自动让出一条路来，多萝茜轻松地走在路上，饭勺队长一直跟着他们，直到他们走出空地。

到了空地边缘，饭勺停了下来，多萝茜他们又踏上寻找帐篷的旅程。

第十七章
他们来到圆面包城

他们走出了森林，但是走没走出去都一样，因为他们不知道接下来会发生什么，也不知道哪个方向才是他们要找的。虽然现在周围的景致是那么美丽，阳光也刚刚好，但是多萝茜肚子又饿，又迷路了，所以她可没心情欣赏美景，她只想快点找到帐篷。她仔细辨别着道路，这次她打算走一条笔直的道路，再也不走岔道口。但是她真的说不好哪一条路能通向帐篷。

她在一条条路上到处走，后来到了一条使她开心的小路上。这条小路在一个树林前消失了。一棵大树上挂着一块路牌，上面有两只小手，指着两个方向，一个方向写着：此路通向圆面包城；另一个方向写着：此路通向兔子城。

"太好了，"比莉娜兴奋地说，"看来我们又回到正路上来了。"

"我不敢确定是不是正确的路，但是亲爱的，"多萝茜说，"我们终于找到了什么地方了，不再是没有方向地乱撞了。"

"可是两条路中，我们要选择哪一条呢？"比莉娜问道。

多萝茜看着这两条路，仔细地思考着。

"现在肚子饿了，好想有点面包吃，"多萝茜说，"就让我们去面包城吧。"

"我无所谓，"比莉娜说，"反正我这一路上吃了很多虫子，已经饱饱的了。"比莉娜确实在青苔上吃了很多虫子，但是多萝茜和托托还饿着。

于是，多萝茜带着比莉娜和托托走上了这条通向面包城的路。这条小路看起来好像没什么人走过却干干净净的路。最后她们来到了一块空地上，那里到处都是多萝茜从未见过的小房子，全是由方块形的饼干堆砌而成的，花样繁多，阳台和门廊的柱子是用长面包做成的，威化饼做的房顶看起来很美味。

街道都是面包皮铺就的，看起来有很多人住。

人们在街上聊天、逛街、采购，他们都是些形形色色的面包人：男人、女人，小孩、老人，胖人、瘦人，白色的人、黑色的人和淡棕色的人。有几个面包人身上还撒着糖粉，似乎身份比较尊贵。有的还有葡萄干的眼睛、葡萄干的扣子；还有的是丁香的眼睛、肉桂的腿。那些戴帽子的，帽子上都有糖粉。

多萝茜他们的到来让这里瞬间乱成一团。大人都抱着孩子们躲起来，有的跑回屋子，紧闭房门，有的吓得连滚带爬，只有个别的仗着胆子大，抱成团，对外来人怒目而视。

多萝茜的经历告诉她，一定要小心翼翼，以免吓到这些可怜的小面包人。这时候空气里飘来面包的香气，多萝茜的肚子已经开始咕咕地叫了。她让比莉娜和托托站在原地等她，她自己朝着那些聚在一起的面包人走过去。

"请原谅我的冒昧拜访，"多萝茜柔声说道，"我迷路了，找不到我自己的帐篷，看到你们的路牌，便来了这里。我实在是饿得不行了。"

"饿！"面包人们异口同声地说。

"是的，我已经一天没有吃东西了。"她说道，"面包城有什么可以让我吃的吗？"

他们带着猜疑的情绪互相对望着，接着一个圆乎乎的面包人走上前来说道："事实上，我们这里的每个人都可以给你填饱肚子，甚至面包城的每一件东西都可以让你吃饱。但是人类太贪婪，我们就是为了逃避你们，才来到这与世隔绝之地，没想到，你还来到这里想吃我们，真是欺人太甚。"

多萝茜真的很饿，没有力气辩解。

"你不是面包吗？"她问。

"是的，我是牛油面包，牛油在我的身体里，虽然它不能流动，但是我可以带着它走。"

这时候，面包人群里爆发出响亮的笑声，多萝茜想，笑得这样爽朗，看来他们并不害怕她。

"那么，你们这里没有别的东西可吃吗？"多萝茜说，"我可以吃那个方形的房子，或者圆柱子的走廊吗？我实在太饿了，只要能吃就好。"

"姑娘，这里不是西点屋，任你随便点餐。"圆乎乎的面包人说，"这里是私人的领地。"

"这个我明白，可是，先生，我怎么称呼你？"多萝茜说。

"我的名字叫肉桂圆面包。"圆乎乎的面包人说，"这个名字是根据我的家族命名的，在这里我的身份最尊贵。"

"什么？你在说新闻吗？我怎么不知道这件事情，"另一个面包人提出质疑，"在这里最有名望的是全麦面包、棕面包、白面包，我怎么就知道这三个名门望族，还有谁能超过他们三家吗？"说这话的就是个棕面包。

"波士顿·棕面包先生，"圆面包说，"可是，你都不知道，这里是圆面包城吗？"

"抱歉，打扰一下，"多萝茜说，"我已经饿得不行了，如果你们真的是名门望族，总该有什么东西给我吃吧。这样饿着客人，可不是待客之道。"

"我也觉得把一个饿肚子的姑娘这样打发走，不是很绅士，而且她都说了，不吃我们，只要随便吃点什么就可以。"一个胖嘟嘟的棕色饼干说。

"说得对，薄脆饼。"饼干身边的面包卷说。

"那我们到底给她吃什么呢？先生们。"圆面包问。

"我屋子后面的威化饼墙倒是可以给她吃，口感极好。"薄脆饼说。

"我的饼干手推车也可以给她吃。"一个漂亮的松饼说。

"不错，不错，"圆面包说，"你们做得都很好，小姑娘，跟着刚刚那两位去吧，他们会给你一些吃的。"

"你们真是好心人，"多萝茜说，"我的小狗托托也十分饿了，还有我的黄母鸡，我可以带上他们吗？"

"那你一定要确保他们不乱啃、乱咬。"松饼说。

"这个自然，放心吧。"多萝茜说。

"那好吧，跟我来。"薄脆饼说。

于是，多萝茜带着托托和比莉娜，跟着薄脆饼和松饼走在大街上。人们似乎没有那么害怕他们了。他们先来到了松饼家，多萝茜三下五除二就把小推车吃到肚子里了，虽然这不是刚刚烘焙好的饼干，但是她太饿了，也就不计较那么多了。托托吃了一点点，比莉娜也吃了点碎屑。

他们用餐时，面包城的人们都过来围观。多萝茜看到人群里有六个棕色的小孩，她便问道："可爱的小家伙，你们叫什么名字？"

"我们是粗面松饼妈妈的六胞胎。"其中一个回答道。

"你们看起来真的很松软，不知道你们的妈妈可以不可以把你们其中的两个给我吃。"比莉娜说。

小家伙们一听这话，就都吓跑了，再也不肯过来。人群中的一部分也都散开了。

多萝茜埋怨黄母鸡："比莉娜，你不可以开这样的玩笑，这样会吓到他们的，现在让我们去吃那个威化围墙吧。"

"不可以，那个围墙隔着我和苏打饼干一家，我讨厌他们，所以不能把围墙吃掉。"薄脆饼说。

"那你总得给我点东西吃，那个推车太小了，我都吃不饱。"多萝茜商量着。

"好吧，那跟我来吧，我家里有架钢琴，没人会弹奏，就给你吃了吧，那是一架不错的脆饼钢琴。"薄脆饼说。

"那太好了，"多萝茜说，"我真的不在乎给我吃什么，只要能吃饱就好。毕竟饿肚子的滋味太难受了。"

于是多萝茜吃掉了薄脆饼家的钢琴，钢琴的味道很美味，远远超出了她的期待。现在她吃饱了，又觉得有些口渴，于是她问："薄脆饼先生，这里有喝的吗？"

"当然有，你想喝什么？我家有牛奶和清水。"薄脆饼说。

"都给我一点儿吧，我太渴了。"她说。

薄脆饼先生脾气很好地答应了，吩咐妻子端来水和牛奶。多萝茜真的渴坏了，咕咚咕咚地喝着。喝完了，她才礼貌地和薄脆饼的妻子打招呼。

"太太，你是火候大了吗？看起来怎么比你的先生黑那么多？"多萝茜问。

"说什么呢？"薄脆饼太太笑着说，"当然不是了。要知道我是圆面包城早餐乐队的队长呢。"

多萝茜很开心地和他们说谢谢，然后走出了薄脆饼家。肉桂面包正在等候多萝茜，想要带着这个他喜欢的小姑娘游览一下面包城。

"你还没见过我们这里的其他人，他们都很有意思。"肉桂面包说，"如果你吃饱了肚子，我可以带你去见面包城里比较重要的人物。"

"好啊。"多萝茜愉快地答应了。托托和黄母鸡老老实实地跟在身后。

他们第一站到达的是甜点奶奶的家。这个家热烘烘，漂漂亮亮的。见到多萝茜，甜点奶奶很开心，给她了一片牛油面包。多萝茜发现这个面包是甜点奶奶的门垫，似乎是刚刚烤出来的，味道很甜美。

"你们是怎么得到牛油的？"多萝茜问。

"地下就有啊，我们想要多少就挖多少。"甜点奶奶说，"正如你所见，我们的街道地面都是用可以吃的面粉做的，而且村子对面的地下就有新鲜的牛油。这树是面包做的，到了秋天，我们还可以摘到很多面包果呢。"

"但是面粉街道在起风时不会吹得到处都是面粉吗？"多萝茜问。

"当然不会，我们从不为面粉担心，倒是有时候饼干碎屑很让人头疼。"

然后他们去了玉米烤饼先生家里，那是一位性格开朗的老先生。

"你应该知道我吧，我很出名的，"玉米烤饼说，"而且大家都很喜欢我。"

"可是，老先生，我觉得你皮肤太黄了，是不是有点生病？"多萝茜问。

"别担心，小姑娘，我可不是黄疸病，我的身体特别好，不知有多健壮，"老先生笑呵呵地说，"我得感谢玉米，是它们让我这样健康。"

"玉米烤饼老先生非常保守和古板，但是他很亲切，没有人讨厌他。"圆面包说，"走吧，我带你去我亲戚们的家里。"

于是，他们分别访问了白糖圆面包、葡萄干圆面包和西班牙圆面包，西班牙面包看起来国际范十足。然后，他又带多萝茜去见了法国面包圈，这些法国面包待人礼貌有加，但是那个帕克旅馆面包圈就十分蛮横无理。

"这些还算好的，我认识一个叫糖霜蝴蝶酥的，"圆面包先生说，"他才更加无礼呢，我都受不了他，我虽然不爱背后讲别人，但是我不得不说，糖霜蝴蝶酥的发酵粉放得太多了。"

忽然一声尖叫传了过来，多萝茜回头，正看见面包人们把托托围了起来，朝它丢东西，他们用那些硬饼干、硬家具，一个个丢向托托。

托托并没有逃跑，而是夹着尾巴，低着头，蜷缩着，一动不动地在那等着挨打。

多萝茜赶紧跑过去，问到底发生了什么。

"发生了什么？"一个黑面包气急败坏地吼道，"你自己看看吧，这个野蛮的怪兽把三个烤面饼先生吃进了肚子，而且就在刚刚他还在吃老酵母饼干。"

"噢，天啊，托托，你为什么做这样的事？"多萝茜叫道。

托托现在嘴里都是老酵母饼干，没法回答多萝茜。比莉娜在一座饼干房子上高声叫道："多萝茜，不能怪托托，是他们逼着托托这样做的！"

"你这只黄母鸡，你还敢说，就在刚刚你还啄掉了葡萄干圆面包的眼睛，我可怜的葡萄干圆面包就这样没了一只眼睛！"一个面包布丁对着黄母鸡张牙舞爪地叫道。

"哦，天啊，竟然发生了这么悲惨的事情，"圆面包先生现在也很激动，"怎么会这样，怎么会这样？"

"好了，都别激动了，安静下来，听我说，"多萝茜相信托托和黄母鸡不会乱来，"你们整个城市里所有的人都是食物，饥饿万分的时候，我们都忍着没有看到什么吃什么，而只是吃一些你们的旧家具，这样已经够克制了。但是托托和比莉娜是没有我这样的控制力的，所以也不能怪他们。"

"请你们立刻离开这里，马上！"圆面包先生下了逐客令。

"可是如果我说不呢？"多萝茜有点儿生气了。

"那我们就只能跟你们动粗了。我准备把你们扔进烤箱，那里非常大，足够把你们烤焦。"圆面包先生自信地说。

多萝茜环顾了一下四周，虽然没有看到烤箱，但是她觉得这些百姓似乎都是刚刚出炉的，所以她觉得还是先走为妙。为了不让那些面包和饼干怪叫，她故意装作镇定的样子，昂着头领着托托和黄母鸡向外走去。

第十八章
奥兹玛公主看魔法地图

奥兹玛一向特别忙，她每天要解决很多事情，她的臣民们都需要她细心地呵护，她要尽全力使他们幸福。如果有什么纠纷发生，她一定用最公正的态度解决，如果有人需要她帮助，她会用心地去聆听。

我们的小公主每天忙于各种事情，所以有时候还是有点辛苦的。多萝茜他们旅行开始之后，奥兹玛就一直在筹划着亨利叔叔和爱姆婶婶的工作。这份工作必须既忙碌又轻松，让他们每天很忙，却不累。

所以奥兹玛决定让亨利叔叔去管理翡翠城的珠宝，因为国库里的珠宝正好需要一个主管，每天计算数量和记载收入和支出。这个工作可够忙的了，但是却一点儿都不累。

爱姆婶婶的工作有点儿难找，因为王宫里不缺少做家务的人，仆人已经足够了。奥兹玛还需要多想想。

她正想着这件事的时候，无意中看了一下魔法地图，这张魔法地图是奥兹玛的心爱物品之一，就挂在她的卧室里最显眼的地方。

这张魔法地图看起来就是一幅简单的山水画，但是奥兹玛看着的时候，就能通过它看到自己的朋友或者亲人都在哪里，在做什么。所以，只要奥兹玛如果想知道，她就可以知道任何她所关注的人的任何动向。

她每次也都是通过魔法地图看到堪萨斯州的多萝茜，现在，她闲下来一小会儿，又想知道多萝茜在哪里，在做什么。她看见了多萝茜他们在散架人城拼合编织老奶奶的情景。

"看来，我亲爱的朋友们都过得很开心，那我就放心了。"奥兹玛女王自言自语着，并回忆着她当时和多萝茜一起经历的奇遇。

魔法地图渐渐隐去，又恢复到了最初的风景画的模样。

奥兹玛回想着，她当年跟多萝茜带着军队进攻埃夫国附近的矮子精地洞的情形，那一次她们解放了埃夫王国，结束了矮子精对埃夫国的统治。当稻草人把比莉娜的鸡蛋扔向矮子精国王的时候，矮子精国王惊慌失措，多萝茜还趁机拿走了矮子精国王的魔法腰带，把它带回了奥兹国。

奥兹玛回想着上次矮子精地洞的事，唇边不禁浮起了笑意，她忽然想知道矮子精国王现在怎么样了，于是她对着魔法地图找寻矮子精国王的

所在。

　　红烟火王这个时候正在地道里催促他那些矮子精士兵日夜兼程地挖掘着隧道。奥兹玛一眼就看到了红烟火王的所在。

　　她还发现了隧道，那条隧道已经挖出很远很远，在死亡沙漠下面，正通向奥兹国的翡翠城。她忽然明白这是矮子精国王要攻占翡翠城了。

　　"这一定是那个矮子精国王的报复计划，"奥兹玛心想，"他这是想突袭然后吞并我们啊！这是怎样一个恶毒的计划，能够有这样一个计划真是让人伤心，但是我不能怪矮子精国王，因为我不能要求每个人都像翡翠城里的人们这样善良。"

　　她不想在隧道这件事上浪费过多的心思，她在思考爱姆婶婶的工作，或许她能担任宫里的缝补官，奥兹玛的袜子虽然不会坏，但是有时候也需要修整一下，奥姆婶婶做这些应该是游刃有余的。

　　第二天，奥兹玛又在魔法地图前面看隧道的进程，以后每天她都会关心一下这条隧道，虽然她不觉得这条隧道多么有趣，但是她有义务这么做。

　　每一天她都会发现，这个拱形的大隧道正慢慢穿越死亡沙漠，又离翡翠城近了一点。

第十九章

兔子城欢迎客人

多萝茜离开了面包城，回到了森林中的那条来时的路上，她对比莉娜说："我真的没想到吃的东西还可以这样闹腾。"

"我也是这样觉得，我以前吃的东西，吃的时候感觉很好吃，但是吃完之后就觉得不怎么样。"比莉娜说，"我觉得如果是吃的东西，就应该在它闹腾前把它吃掉，这样会好一些。"

"我想你说的是对的，"多萝茜叹息着，"现在我们该去哪里呢？"

"我想我们最好还是找到路牌，"黄母鸡说，"这总比再迷路强。"

"我们已经迷路了，就算回到了路牌那里，仍然找不到帐篷，"多萝茜失落地说，"不过你说的也有道理，找到路牌也是正确的。"

他们就顺着来路找回去，在最初的路牌处，他们果断地走上另一条路，这条路通向"兔子城"。这条路相当狭窄，仅仅能容下多萝茜的脚，而且看得出来，总被人走，路面既滑又硬。但是好歹这也是条路，不至于让多萝茜一直在森林中跋涉。

　　小路终结在一堵大理石高墙前，这道高墙看起来结实而且高大。墙上似乎没有出口和入口，多萝茜仔细找了一会儿，才发现高处有一个方形小门，门上还有个小按钮，按钮旁边有一行小字，工工整整地写着：非公莫入。

　　多萝茜可不在乎这几个字，她伸手按了门铃。

　　接着里面就传出门闩拉开的声音，大理石门慢慢开启。

　　这时候多萝茜才明白这不是门，而是一个小窗口，因为里面有个铁栅栏，缝隙仅有多萝茜的手指那么宽。栅栏后面，有一张可爱的兔子小脸，这张小脸非常严肃，还戴着单片眼镜，眼镜上有根金链子连在纽孔处。

　　"有何贵干？"兔子厉声问道。

　　"我叫多萝茜，我迷路了，我……"

　　"你就说什么事吧。"没等多萝茜说完，兔子严肃地打断。

　　"我就是想知道我这是在哪里，而且怎样……"

　　"请原谅，没有奥兹玛公主的介绍信或者格琳达女巫的命令，我是不会让你进去的。"兔子冷冷地说，"所以，请你赶紧离开。"说完他就要把窗口关上。

"请稍等一下，"多萝茜叫道，"我有奥兹玛公主的介绍信。"

"什么？你竟然有公主的介绍信？"兔子有点怀疑。

"是的，你不知道，我是奥兹玛最好的朋友，而且她还封我为公主。"她一本正经地说。

"哦？是吗？那还是出示一下介绍信吧。"兔子还是不太相信。

于是多萝茜从口袋里把奥兹玛的介绍信拿了出来，从铁栅栏里把信递了过去，兔子接过信来，煞有介事地读着，似乎在跟多萝茜和比莉娜显摆，他是一只读书认字的兔子。

他读道："请看到此信的人款待奥兹国的公主多萝茜，我将为你的善举无比开心。奥兹玛。"

"啊哈，还有奥兹玛公主的亲笔签名，"兔子说，"还有翡翠城的公章，简直太神奇，太了不起了。"

"那么，现在你想怎么做？"多萝茜有些不耐烦了。

"我们一定会遵照公主的意愿，"兔子说，"我们都是奥兹玛公主的臣子，我们当然要遵循公主的命令，而且有好女巫格琳达保护我们，好女巫告诉我们，要绝对服从奥兹玛公主的任何指示。"

"那么现在你可以让我进去了吗？"多萝茜问。

"当然，很荣幸你来这里，我很高兴，"兔子说完关上了窗子，与此同时，墙上有一道门打开了。多萝茜走了进去，这是一间很小的房子，似乎嵌在墙里。

兔子也在这里，她看到兔子的全身，感到非常惊讶，这只身材健壮的兔子，跟其他兔子一样也长着红宝石的眼睛。但是他的穿戴很富贵，白缎子面的上衣上镶嵌着宝石纽扣，金丝滚边。洁白的缎子裤子在膝盖处蓬松着，脚踝处用红缎带扎起来，看起来很别致。鞋子都是白色长毛绒的，鞋子上的扣子也是宝石的，袜子却是鲜艳的玫粉色，艳丽至极。

兔子的打扮让多萝茜暗暗吃惊，他的穿戴竟然和翡翠城的人差不多。托托和比莉娜进来的时候，兔子跳上了一张桌子，他透过单片眼镜看着他们三个，说："你的同伴不能跟你一起进入兔子城。"

"为什么，说说原因。"多萝茜有点儿不开心。

"他们长得太吓人了，会让我们的百姓害怕，你知道，兔子城里没有一只兔子是喜欢狗的，而且，奥兹玛的信上没有提到他们。"

"但是他们一直都跟着我，"多萝茜说，"无论到哪里，从没离开过。"

"恐怕这次不行了，"兔子很坚决地说，"多萝茜公主是受欢迎的贵宾，因为奥兹玛公主对你关爱有加，但是，如果你一定要带着这只母鸡和你的小狗，那我绝对不能带你进入兔子城。"

"多萝茜，不必担心我们，"黄母鸡说，"你自己进去看看这个兔子城到底是个什么地方，出来讲给我们听就行，托托和我正好在这里休息一下。"

多萝茜也确实想看看兔子们是怎么样生活的，通过面包城的事件，她也有点担心她的朋友们再出什么乱子，所以她觉得她自己去也可以，然后出来再讲给他们听。

于是她说："好吧，我自己进城去看看。那么，你是这个城里的国王对吧？"她看着兔子。

"当然不是，"兔子说，"我只是个守门人，一个小小的看守，但是我

必须恪尽职守。现在有个小小的麻烦，如果你想进城，就得在进城前缩小一下。"

"缩小什么？"多萝茜好奇地问。

"当然是你的身体，你得变得和兔子一般大，但是你还是你自己。"

"那么我的衣服会大出来很多吗？"

"当然不会，它们会跟着你一起变小的。"

"可是我怎么才能变小呢？"

"这太简单了，"兔子说，"我会帮你做到的。"

"那我离开兔子城的时候，我还能变得和以前一样吗？"

"当然，只要你想。"

"那好吧，我愿意。"多萝茜说。

于是兔子带着多萝茜从对面墙上找到了一扇小门，那扇门那么小，可能托托才能勉强过得去。

"跟我走吧。"兔子说。

也许换一个人，一定会拒绝从这里进去，但是多萝茜经历了那么多，她觉得一切都是有可能的，因为这里是奥兹国。所以，她向着那个小门走去，每走近小门一点，她就变小一点，这样到了小门，她估计自己已经完全和托托一般大小了，或许比托托还小，因为她轻而易举地走过了小门。现在她站在兔子面前，变得和兔子一样大小。

她跟着守门的兔子，一路走过去，后面的门关上了，还自动上了锁。

多萝茜来到了一个奇异的美丽城市。尽管她见过那么多奇山异水，此刻她还是很惊讶地抽了一口气，原来大理石墙圈出来的世界竟是这样美丽。城里竟然都是大理石房屋，大部分都是平顶的，像一个个扣过来的水壶，也有尖顶或者塔形建筑耸立其中。街道都是大理石铺就的，每家屋前都有一块种满三叶草的油绿的草坪。一切都是油亮光滑的，在这些绿色和白色相衬的世界中，多萝茜几乎要惊叹地喊出来。

更加让人吃惊的还是那些兔子居民。满街的兔子都华装贵服，比起这些臣民，守门的兔子都有些逊色了。他们都绫罗绸缎，珠光宝气，而且服装色彩优雅，十分华丽。

比起这些更出色的是，兔子太太和小姐们的衣服样式真是精致至极。她们的配饰也都很精巧。帽子上插着鲜美的羽毛，羽毛上还镶嵌着各种样式的珠宝。

有的兔子太太还推着婴儿车，车上的兔子宝宝们表情特别可爱，有的闭着眼睛甜甜睡去，有的还把手放在嘴边使劲吮着，有的大眼睛眨呀眨的，多萝茜都想伸手摸摸他们的脸。

多萝茜由于变得跟兔子差不多大小，所以刚开始并没有吸引太多目光，倒是她自己先把这一切看了个遍。等兔子们发现她以后，虽然也有一点儿惊吓，但是更多的是好奇。大家围着她打量着。

"走开，都走开！"守门的兔子高声叫道，"这是奥兹国的多萝茜公主，你们都快让开！"

听到这些，所有的兔子都闪开，让出一条路来，多萝茜走过的地方，他们都鞠躬致意。

多萝茜跟着看门的兔子走过了几条干净整洁的街道，来到了一个中心广场。广场中央有一座好女巫格琳达的铜雕像，雕像后面是宏伟壮观的王宫大门，白色大理石的建筑上，用金粉勾勒着恢宏的图案。

第二十章

多萝茜和兔子国王共进晚餐

王宫门前，一排排士兵气势非凡，他们都穿着金边绿军装，头上都戴着圆筒高帽，肩上挂着一杆枪。队长与其他士兵不同的是，帽子上插了一根羽毛，手里拿着长剑。

"敬礼！"多萝茜走过来的时候，兔子队长高喊着，所有的士兵都笔直地站好，齐刷刷行礼。

多萝茜走进王宫大厅，那里有衣着亮丽的侍从，守门兔子问他，国王现在是否在休息。

"是这样的，"侍从说，"前几分钟我还听见陛下像往常一样哭哭闹闹，现在没有声音了，估计睡着了。要是他还是一天到晚像个婴儿一样，那我可得辞职了。"

"哦？兔子国王怎么回事？"多萝茜听到侍从这样说自己的国王，非常惊讶。

"是这样，国王自己不想要这个王位，但是又没有办法，所以他每天都

哭闹。"兔子侍从说。

"把门打开吧，"守门的兔子严肃地说，"我要带着多萝茜公主去见陛下，以后不要在来访者面前把国王的事随便说出去。"

"那怎么了？既然这个公主是来见国王的，她会马上从国王那里自己得知此事的。"侍从不悦地说。

"可是他是国王，有资格说他想说的任何事。"守门兔子厉声呵斥着。

侍从不说话了，带着他们走进了一个金碧辉煌的房间，里面墙壁上都挂着金丝慢，家具都是金子做成的，上面罩着金纱。房间中央有个高台，高台上就是兔子国王的宝座。此刻，兔子国王就躺在宝座上，那上面铺着金丝绒的垫子，国王的爪子向外伸着，脸上还挂着泪痕，像只可怜的小狗。

"国王陛下，请醒醒，有客人来拜访您。"守门的兔子说。

国王动了一下身子，透过粉红色的圆眼睛看着多萝茜。然后他一翻身，坐起来，拿着手绢擦着眼角的泪痕，把滚落在宝座上的金冠拿起来戴在头上。

"抱歉，让你看到我狼狈的样子，亲爱的来访者，"兔子国王的声音有些沙哑，"但是我真的是世界上最可悲的国王。不知道现在是什么时刻了，眨眼睛？"

他身边的侍从说："下午一点了，陛下。"

"那赶紧开始吃午餐吧，"国王说，"想必客人也饿了，就准备我俩的午餐吧，还有，注意客人的喜好。"

"遵旨，陛下。"侍从说着退了下去。

"把鞋给我穿上，硬毛。"国王对守门的兔子说，"唉，你们哪，没人理解我，我这一天真的很忧伤。"

"尊贵的陛下，到底是什么事让你如此忧愁？"多萝茜问。

"还用问吗，当然是当国王这件事了，"守门的兔子给国王系着鞋带，国王抱怨着，"兔子城的百姓明明知道我不适合当国王，还是选了我，我觉得这肯定是他们不想让自己选上，所以才把我推上国王的位置。你瞧，我以前自在快乐，但是现在却每天被关在宫里。"

"可是，实际上，"多萝茜说，"国王可不是一般人都能当的。"

"那你呢，你当过国王吗？"兔子国王问。

"我？我可没有。"多萝茜笑起来。

"所以你根本不知道当一个国王有多痛苦，我不知道你是谁，我也不想知道。一会儿咱俩吃饭的时候，我会把我的事都讲给你听，我觉得你一定会很感兴趣的。"

"好吧，如果你这样认为。"多萝茜说。

"国王陛下，请用餐吧，都准备好了。"眨眼睛过来说。十几个穿制服的兔子侍从鱼贯而入，每个人都端着一个盘子，把它们放在桌子上，规规矩矩地摆好。

"好了，你们都可以退下了，"国王说，"硬毛留在门外吧，我需要就叫你进来。"

所有兔子们都应声退下，现在就剩下多萝茜和兔子国王了。国王摘下王冠，扔到一边，又把白鼬鼠皮的袍子用脚踢开。

"请坐吧，放开自己吧，尽量轻松些，"他说，"我也想那样快活，可是现在却做不到。不过我有点儿饿了，你也一定饿了，开始吃饭吧。"

"是的，我确实饿了，"多萝茜说，"今天我只吃了一辆手推车，还有一架旧钢琴，对了，还有一片牛油面包，那是一个新脚垫。"

"听起来你吃的这些东西都非常坚硬，"国王说，"那一定不是一架非常结实的钢琴。"

"哈哈，你看，你不是挺会开玩笑嘛，现在是不是觉得有点儿开心了？"多萝茜说。

"可是我真的不快乐，"国王眼含泪水，悲伤地说，"你不觉得我的玩笑也很牵强吗？你都不知道我有多难过、绝望、忧伤和愤恨。"

"可我并不觉得你忧伤，"多萝茜说，"虽然我觉得作为一只兔子，应该生活在红花绿叶中，但是我觉得这座城市是我见过最美的。"

"这绝对是个优美的城市，"兔子国王说，"而且，这是好女巫格琳达为我们建造的城市，因为她喜欢兔子。但是我不太喜欢这里，我喜欢自由自在、无拘无束的生活。可是当国王完全是被束缚，被囚禁。"

"那你为什么不能跟其他兔子一样呢？"多萝茜说。

"因为我向往自由，亲爱的，"国王说，"兔子的本性就是自由，享受这世间的荣华富贵似乎不那么合适。我小的时候住在地洞里，居无定所，外面都是敌人，常常很害怕，而且经常饿肚子，偶尔找到了一点儿吃的，还得竖起耳朵来听听四周有没有危险。有时候恶狼就在我的洞口徘徊，我只好躲在洞里不敢出来。可是那时候，我是多么快乐啊，每天有无数不知道的事情等待着我，生活充满了新奇，那时候我是真正自由的、野性的。我甚至怀念我那由于害怕而怦怦直跳的心脏。"

"那倒是不错的生活，"多萝茜说，"我在想，或许当一只兔子也没什么不好。"

"当然，那是一件特别好的事情——当你真正成为一只兔子时，你就知道你有多快乐。"国王说，"可是，你看我，离开了我心爱的地洞，来到了这豪华的王宫，每天衣来伸手饭来张口，锦衣玉食，失去了我原有的乐趣。每天我必须穿戴整齐，脑袋上还得戴上这沉重的东西，它让我喘不过气来，所以我才苦恼、郁闷。可是这还不算完，兔子臣民们还带着各种各样难题来找我解决，我出去的时候还得有模有样地走，不能像原来那样蹦蹦跳跳，而且还得穿着那可恶的白鼬鼠皮袍子，所有人都对我卑躬屈膝，所有人都高呼：'国王万岁！'所以，我想请教你，你看起来是那么聪明和睿智，你说说看，这些是不是足以使一只自由的兔子感到悲伤。"

"陛下，你看，"多萝茜说，"在最早的时候，人类都是吃生食、穿树叶，没有房子住，也没有尊卑之分，但是，随着文明的进步，人们现在过上了幸福的优越生活。我想没有一个人想要回到那茹毛饮血的日子。"

"那怎么可能一样呢？"国王说，"人类是整个群体在变化，一代代地文明起来的，可是我知道在我的王宫外面，还有许许多多兔子在自由自在地生活。所以一想到只有我被披上这老鼠皮，戴上沉重的王冠，囚禁在宫里，我就感到怨恨。"

"那你可以辞去国王的位置，重新选择这样的生活。"

"那是根本不可能的事。"兔子又开始满眼泪了，"这个兔子城里有一条法律明令禁止辞去王位，一个人如果被选上了国王，就可能是一辈子了。"

"是谁定的法律？"多萝茜问道。

"是好女巫格琳达，她给我们建立这座兔子城，还用魔法把我们变成现在的样子，最后还制定了法律。然后，她把所有白兔子都召集到这座城里，让他们都在这里生活。接下来就是我们自己去生活了。"

"那你是怎么来到这里的？"

"我当年并不知道城里的生活是什么样，也没想到我会被推选为国王，"说到这里，兔子国王已经泣不成声，"所以——所以——所以我就成了——成了现在的样子，再也——再也回不到过去了。"

"我和格琳达也是好朋友，"多萝茜说，"等我再次见到她的时候，我会求她重新制定法律，并求她选择另一只兔子代替你。"

"真的吗？你说的是真的吗？"兔子国王含着眼泪问道。

"如果你是真心不想当这个国王，我一定会这样做的。"多萝茜说。

"噢——吼！"国王从座位上跳下来，满屋子蹦蹦跳跳，手里拿着餐巾挥舞着，开心得大喊大叫。

一会儿，他渐渐平复了一下情绪，回到桌子旁，坐在座位上。

"那么，你什么时候能够去见格琳达？"他问。

"哦，大概需要几天。"多萝茜说。

"那你见到她，不会忘记了答应我的事吧？"兔子国王急切地问。

"当然不会。"多萝茜肯定地说。

"这位公主。"兔子国王激动地说，"你让我忽然看到了希望，真的很感谢你，我要趁着我还是国王的时候，好好招待你。我先带你去看节目，请随我去接待室吧。"

然后兔子国王就把硬毛叫进来，吩咐道："召集大臣们到接待室开会，眨眼睛在哪？我要立即见到他。"

守门的兔子听到后，赶紧领旨退下。兔子国王对多萝茜说："趁他们还没到，我带你先去花园里走一走吧。"

多萝茜跟着兔子国王来到了花园，那里鲜花满园，香气四溢，还有水珠四溅的喷泉，到处绿荫如盖，大理石的甬路交错相通。眨眼睛跑来了，兔子国王低声对他吩咐着什么，他又退下了。国王和多萝茜继续向前走着。

"陛下，你的衣服真的是太漂亮了。"多萝茜不住地称赞着她看到的一切。

"你也觉得漂亮吗？"国王有点骄傲，"我还有好多这样的衣服，但是我比较喜欢这件。我们这里的服装设计师都非常好，而且格琳达好女巫会提供布料。对了，当你见到她时，请她答应我把这些衣服留给我吧。"

"可是，你再回到森林里，就用不到这些了。"多萝茜说。

"用——用不到？"国王说，"不会吧，我已经习惯穿着这些衣服了，我无法想象我光着身子跑来跑去的样子。我想好女巫一定会满足我这个愿望的。"

"那好吧，我试试看。"

国王带着多萝茜向接待室走去。通道上铺着红色的地毯，室内的用具都是雕花的，还镶嵌着珠宝。国王的宝座是银子做成的，是一朵盛开的百合，一片叶子平展地伸过来，上面放着精美的坐垫，国王就坐在那上面。

而所有的颜色都是白色，就连珠宝也都闪着亮亮的银光。

"这椅子可真是太耀眼了。"多萝茜称赞地说。

"是的，"兔子国王说，"这也是我喜欢的东西之一，希望到时候你再求求格琳达把这椅子也留给我。"

"你是想把它放在阴冷的地洞里吗？"

"那又怎么样？我已经习惯坐着它了，如果不坐，我可能已经不习惯了。"国王说着，"现在宫里的大臣们都到了，坐过来吧，到我身边来，我要把你介绍给大家。"

第二十一章
兔子国王回心转意

王宫里的乐队奏响了，五十多只兔子大臣随着乐曲走了进来，他们穿着华丽整洁的朝服，而且他们都会直立行走。大家都戴着白手套，手套外面都戴着宝石戒指，这或许是这里的一种时尚。几位女朝臣手里还拿着长柄眼镜，男朝臣们都戴着单片眼镜。

朝臣们都带着夫人，每一对过来请安的朝臣都非常优雅地鞠躬，国王也很高雅地回礼，并把他们介绍给多萝茜。接着所有人都坐在椅子上，用期待的目光望着兔子国王。

"很荣幸你能来到这里，我将尽地主之谊为你接风，欢迎你的到来。"国王说，"下面，我将把我们国家最好的乐队——胡子翘蹦蹦跳舞蹈队介绍给你。"

国王话音刚落，一支舞曲已经响起，胡子翘蹦蹦跳舞蹈队已经来到了大厅中央。这支队伍有八只兔子，都穿着美丽的紫纱裙，腰间扎着美丽的腰带。他们的胡子也染成了紫色，整体看上去，像是一抹紫色的云彩。

　　这些舞蹈家一起给国王和多萝茜鞠躬，然后开始了他们的舞蹈。他们跳得真的很滑稽，多萝茜禁不住大笑起来。他们不但在大厅中央跳，还满屋子里到处奔跑和旋转，跳过对方的头顶，脑袋对着脑袋竖起蜻蜓来。他们飞也似的旋转，看得人眼花缭乱，只见眼前一缕缕紫烟飘过，一切都太美了。最后他们翻着跟头，出了大厅。

　　观众们的掌声久久不息，多萝茜也跟着喝彩。

　　"我不得不说，你的国家不管什么都那么出色。"多萝茜赞不绝口。

　　"是的，这一点我是知道的，这些舞蹈家都是最棒的，"国王说，"我还有些舍不得他们，如果你能帮我恳求格琳达……"

　　"可你要是真的回到地洞里，是不能把他们也带走的，这根本就不行，"多萝茜说，"你的地洞里是容不下这些的，你都已经把衣服和百合花椅子拿过去了，这些就别瞎想了。"

　　国王忽然有点儿忧伤，但是他马上站起来说要看军事演练。

　　乐队开始演奏，一队兔子士兵端着长枪入场，他们穿着碧绿色带金边的军装，步调整齐一致。他们的长枪擦得银光闪闪，动作协调，英姿飒爽。

"这样的队伍，让人很有安全感。"多萝茜说。

"当然，"国王说，"他们能够时刻保卫我的安全，使我免受伤害，我想你是不是可以请求格琳达……"

"不可以，"多萝茜断然拒绝，"格琳达不会答应的。这个王国的护卫队，应该保卫这个国家和国王，你不是国王了，就不会得到保护。"

国王听了，沉默了一会儿，看起来好像更忧伤了。

士兵们演练结束，魔术表演开始了。

多萝茜看见过许多次魔术表演，这次兔子的魔术师却让她非常开怀。他们一共有六个魔术师，穿着黑色绸缎服装，上面用银丝绣着奇怪的图案。白兔子在黑衣服的映衬下更加洁白了。

第一个节目是滚球，三个兔子站在球上面，然后开始滚动，滚到人们分不清兔子和球，接着两只兔子把第三只扔到空中，他就不见了。接着又上来一只，又扔走一只，这样来来回回，台上就剩一只兔子了。这最后一只兔子把球一分为二，里面竟然是空心的，五只兔子从里面爬了出来。

接着他们六个抱在一起滚动着，滚着滚着，六个就变成一个了，这一个使劲一跳，其他五个又都出来了。然后四个又抱在一起，滚成一团，另外两个把他们当作球扔来扔去。

大家高兴地鼓掌喝彩，大厅里叫好声一片，就连国王也都激动万分地给他们鼓掌。

"我敢说，兔子城的魔术师是顶尖的，再没有其他兔子可以超越这些魔术师了。"国王说，"舞蹈队我不能带走，卫兵我也不能带走，那你能不能让我带走三个魔术师，三个就可以。"

"好吧，我愿意试试。"多萝茜说。

"那实在太感谢了，"国王说，"我这里还有一个滑稽逗人歌唱组，他们唱歌特别逗乐，常常会让我高兴起来。"

这时，滑稽逗人歌唱组来了，他们有四个成员，两位先生，两位女士。先生们穿的是白缎子面的燕尾服，纽扣都是珍珠的，女士们穿的是白缎子长裙。

他们一来就开始唱起来：

"假如一只兔子，习惯了城市的生活，他们穿缎子西装，绸子长裙，美丽得无法言说。他会发现他再也无法融入他从前的生活，他曾经逃来逃去，钻洞挖坑，都是为了提防各种危险，比如人，比如枪，比如狗。"

多萝茜听到这里，把头转向了兔子国王，国王似乎有些坐立不安，他不停地眨着眼睛。"这首歌不好听，"他说，"快换一个，让我听了开心快乐。"

于是，兔子们马上换了一首：

"兔子城的兔子，真是快活，他们唱歌，他们跳舞，他们生活在没有危险的王国。每一位先生，都是胡子翘翘，眼睛瞄瞄漂亮小姐。每

一位女士，都是绫罗绸缎，羞答答地看着舞伴。他们手拉手，肩并肩，把舞跳得团团转。他们双双飞，把家归，月光下，把步散。每只兔子都那么快乐，那么开怀，蹦蹦跳跳乐开了花。每一只兔子，都开心地生活，因为魔力把他们保护，没有凶险，没有灾难，更没有伤害。"

"看看吧，"多萝茜说，"现在兔子城的每一只兔子都那么开心，除了你，他们都爱这个城市。我看只有你每天哭闹着，想要回到污秽的地洞过着野人的生活。"

国王陷入了沉思，这时侍从送来了新鲜果汁和精美的蛋糕，国王还是沉默着，看得出他内心在挣扎。

等到大家都吃完蛋糕，侍从们都退下时，多萝茜说："我得离开了，天太晚了，我又迷了路，我的朋友们都在等着我呢。我出来一天了，他们一定都担心死了。"

"你不想留在这里吗？兔子城的每一位都非常欢迎你呢。"国王说，"真的要离开吗？"

"不了，十分感谢你，"多萝茜说，"我想念我的朋友们，不能让他们担心我。而且，我还得为你去求格琳达，让她答应你，不再做这个国王了。"

国王吩咐大家都退下，他要一个人送多萝茜出城，此刻他不再悲伤，也不再哭泣了，倒是有些沮丧，耳朵耷拉着。他依然戴着美丽的王冠，穿着白鼬鼠皮长袍，手里还拿着金杖。

他们很快走到了多萝茜来的时候的小房间，托托和黄母鸡已经完全不耐烦了，虽然侍从已经把饭给他们了，他们肚子并不饿，可他们还是想要赶紧离开这个让人不愉快的地方。

守门的兔子又回到了他站岗的地方，站得离托托远远的。多萝茜和国王在做最后的告别。

"感谢你对我的款待，兔子国王，"多萝茜说，"我回去后，一定尽快去见格琳达，请求她答应你的请求，找一只其他兔子代替你，并把百合花椅子和那些漂亮的衣服留给你，还让你带走三个魔法师，回到你的森林中去。

我敢肯定她一定会完成你的心愿，因为她是那么善良，她不会让任何人不
快乐。"

"呃，"国王听到这话却犹豫起来，"我还是不忍心麻烦你了，你不要去
见格琳达了。"

"不，一点儿都不麻烦，"多萝茜说，"而且我见她很容易。"

"不，听我说，亲爱的，"兔子国王有些着急了，"我刚刚把所有事情想
了一遍，还是觉得当兔子国王比在地洞里好，所以我有点儿舍不得这里了。
因此，我不想走了。"

多萝茜开怀地大笑起来。她非常认真地说："作为一个兔子城国王可不
能做一个哭宝宝，你那样哭闹，有失国王的身份，而且对于照顾你的人来
说，也是件痛苦的事。所以我觉得，不如还是另立国王更好些。"

"真的不用了，"国王说，"我保证以后一定开开心心的，绝对不哭闹了，
拜托你，不要对格琳达女巫说了。"

"确定吗？"多萝茜问道。

"我以国王的人格对你保证。"国王说。

"哈哈，好吧，"多萝茜说，"我当时还觉得你肯定是疯了，所以才会想要离开这么美丽的城市，回到地洞中去。因为所有兔子做梦都想过你现在的生活。"

"别提这件事了，亲爱的，"兔子国王说，"都过去了，我也不知道我以前为什么会那么想不开，真是身在福中不知福。以后我不仅自己要快乐，还要让我所有的臣民都快乐。"

这样，多萝茜跟他说再会了，然后穿过小门，进入墙内的房间，每走一步，她就变得大一点，等到出来的时候，她已经恢复到以前的样子了。

守门兔子送他们出去的时候，特别感激多萝茜，他说是多萝茜帮助他们把国王的忧郁症治好了，以后他们的王国肯定都会恢复欢声笑语了。

"我一定会请求陛下把你的雕塑立在格琳达女巫的雕像旁，"守门兔子说，"期待你的再次光临。"

"或许将来我还会到这里来的。"多萝茜说。

然后，她带着托托和黄母鸡离开了高墙，沿着只能容下一个人的小路往回走去。

第二十二章
魔法师找到了多萝茜

她们再次回到路牌的时候，竟然惊喜地发现，朋友们的帐篷就在路旁。他们正在做饭，大锅里发出噗噗的开水声。邋遢人和奥姆比正在捡柴生火。而亨利叔叔和爱姆婶婶正在椅子上和魔法师聊天。

多萝茜出现在他们面前的时候，他们一起站起来。爱姆婶婶跑过去，抱着多萝茜，说道："亲爱的孩子，你这是又去哪里了？"

"你怎么就知道玩失踪？"邋遢人有些不满。

"我不是故意的，我迷路了。"多萝茜委屈地说，"我和托托还有黄母鸡拼命找回来的路，可就是找不到。"

"难道你一整天都在森林里找来找去吗？"亨利叔叔问。

"可怜的孩子，你一定饿坏了。"爱姆婶婶说。

"没有，"多萝茜说，"我没有挨饿，早晨的时候我吃了手推车、钢琴和地垫，午餐是和一位国王一起吃的，很丰盛。"

"啊！"魔法师爽朗地笑着说，"难道你又有什么奇遇吗？"

"我看她是开始说疯话了，"爱姆婶婶说，"难道有谁可以吃掉一个手推车吗？"

"没有，它很小的，"多萝茜说，"车棚是威化饼做的，轮子是饼干做的。"

"是的，我还吃了些饼干碎屑。"黄母鸡说。

"大家都坐下来吧，好好听听多萝茜的这段故事，"魔法师说，"我们找了你们一整日了，后来看见小路上你们的足迹，这才决定在这里等你们回来。好了，多萝茜，现在告诉我们，你们到底去了哪里，兔子城还是面包城？"

"啊哈，两个地方我们都去了。"多萝茜说，"不过不只这两个，我们还去了器皿王国，它完全没有路标。"

于是多萝茜把从早晨到现在的奇遇都讲了一遍，爱姆婶婶和亨利叔叔都惊讶极了。

"也许，我现在都已经不该感到吃惊了，因为我觉得在这个国家里，什么事都有可能发生。我们早该习惯了。"亨利叔叔说。

"说得对，亨利，只有我们是这个国家最平凡、普通的人了。"爱姆婶婶感叹着。

"现在好了，大家又都在一起了，"邋遢人说，"那么现在，我们该何去何从呢？"

"当然是吃饭和睡觉，"魔法师说，"然后明天早晨继续我们的旅行。"

"明天我们会去哪里呢？"奥姆比问道。

"我们还没见过啰唆人和无谓担心人，"多萝茜说，"你们难道不想看看他们吗？我倒是很想去看看。"

"听起来，他们好像没什么意思，"爱姆婶婶说，"但或许也会很有趣。"

"还有，"魔法师说，"我们在回去的路上，可以去看看铁皮人、稻草人和南瓜人杰克。"

"啊哈，那简直太棒了。"多萝茜开心地应和着。

"他们听着也没什么意思。"爱姆婶婶说。

"他们都是我最贴心的朋友。"多萝茜显然是非去不可的，"婶婶你肯定会喜欢他们的。到现在为止，我还没听说过谁讨厌他们呢。"

天已经黑了，他们吃过饭，就各自回到帐篷里休息了。多萝茜和爱姆婶婶睡觉前，还说了很多今天经历的细节，爱姆婶婶感叹着，她现在终于知道多萝茜的奇遇有多好玩了。

第二天清晨，多萝茜又早早醒来，这次她不敢独自一个人到处走了，她躺在床上，等大家都醒来的时候，才从床上爬起来。

"魔法师先生，你知道这里除了这两条路，哪里还有路吗？"多萝茜问。

"我也不清楚，亲爱的，"魔法师说，"但是我想我们很快就会找到的。

用过早饭，伟大的魔法师向着帐篷挥了挥手，帐篷随即变成了小手绢，又都飞回到各自主人的口袋里。大家又坐上了锯木马车，锯木马问道："要往哪个方向走？"

"随你高兴，锯木马，你想怎么走就怎么走，你肯定不会走错路，因为我对车轮施了魔法，无论你怎么走，它们都会朝着正确方向滚动。"

于是锯木马选择自己喜欢的道路跑过去。当锯木马经过森林的时候，多萝茜说："我们要是能坐飞船，飞起来就好了，这样我们就可以在空中俯瞰森林了，那样肯定特别美。"

"飞起来？"魔法师不屑地说，"飞船有什么好的，我讨厌会飞的东西。你知道的，许多年前，我是一个热气球专家，每天飞在天空里，有一次还是热气球把我带到了奥兹国，还有一次被带到了蔬菜王国。奥兹玛公主曾经还有个四不像，他可以飞到任何地方去，而且还能按照你的意愿想去哪里都可以，这可不是热气球能办到的。你不记得了吗？当年龙卷风袭来的时候，你那屋子就像飞船一样，载着你和托托飞到了奥兹国。所以说，我们不是没有飞行过，我们有过跟鸟一样的经历。"

"飞船有什么不好，"多萝茜说，"早晚有一天飞船会在整个世界流行起来，并且还能把别的人带到奥兹国来。"

"嗯，你说的也对，我要和奥兹玛说一下，"魔法师说着，沉思了一下，"我们一定不能让翡翠城成为飞船航线的一个站点。"

"的确，我们不能让这样的事情发生"多萝茜说，"但是我们能有什么办法阻止这件事的发生呢？"

"我现在正在研究一种魔法，"魔法师说，"它会使人们的脑子变得稀里糊涂，这样，他们就永远都造不出一个想去哪里就去哪里的飞船了。"

他们说着聊着，没注意到，锯木马已经把他们拉出了森林。人们的眼前出现了一幅美丽的风图景，一条大路出现在他们面前，它一直向着远处延伸到很远很远。

"好了，"魔法师说，"现在我们已经回到正确的道路上了，不要为找不到路而担心了。"

"我们在森林里浪费了太多时间，这太愚蠢了，"邋遢人说，"如果我们能一直沿着大路走就不会走错路了。不管哪条路都会到达一个地方的，不然就不会存在一条路。"

"我们正走在去往啰唆城的路上，"魔法师打断了邋遢人的话，"我敢保证，这次不会出错，因为我刚刚说过，我在车轮上施法了。"

确实，他们继续前进了大约两个小时，就发现了一个美丽的山谷，在群山怀抱中，一个城市出现了。这里的房屋都是蒙奇金样式，圆顶的房子有着大窗户，门前有个宽敞的阳台。

爱姆婶婶发现这是一座实实在在的城市，而不是纸片拼成的，也不是面包搭建的，她便松了一口气。不过她还是好奇，为什么这座城市如此偏远。

当锯木马把红马车拉到大街上来的时候，人们才发现这里到处都是人，人挤人、人挨人，他们扎在一起聊天，很激烈地争论着什么，以至于都没有发现有陌生人到来。

魔法师截住一个小男孩，问道："请问，这里是啰唆城吗？"

"先生，"那男孩子说道，"如果你见过大世面，去过很多地方，你就会知道，每一座城市都会有区别于其他城市的地方，你可以通过这个城市里人们的生活方式、习俗、习惯或者这个地方的建筑、风土，来识别这里是不是你想要来的地方。也许这个城市只不过是你走错了路而来到的地方，但是你走了另一条路，去了另一个地方，你也可以……"

"哦，老天，"爱姆婶婶叫道，"这个小男孩到底啰里啰唆地在说些什么？"

"我倒不觉得奇怪，"魔法师说，"他这样说话反倒证实了这里便是啰唆城。这里所有人都是啰唆人，难免说起话来会这样。"

"他们难道都会这样吗？"多萝茜说。

"他们难道不会简单地说'是'或者'不是'吗？很简单就能解决的问题为什么要搞得那么复杂？"亨利叔叔也不解地问。

"看这情形，这里的人是不会说简单的'是'或者'不是'了，"奥姆比说，"不然他们就不叫啰唆人了，这里也不叫啰唆城了。"

这时候有几个人发现了马车，他们走了过来，仔细地听着马车上的人的话。接下来，他们又旁若无人地开始说起话来，他们说话的时候有条不紊，不急不躁，说了很多，却跟什么都没说一样。当他们听见这些外来者批评他们的时候，一个没有跟别人辩论的女人走上前来。她说："生活在这个世界里，如果一句简单的'是'或者'不是'就能解决一切问题，如果一个问题被这么简单的几个字就打发了的话，如果只是为了回答问题而回答问题，如果不经过认真的分析、仔细的推敲、严谨的推理就得出结论的

话，那样提问者岂不是觉得太无聊，太枯燥，况且提问的人也应该有好奇心需要满足，他的好奇感源自……"

"打住，停，"多萝茜实在听不下去了，"我现在已经不知道你说的是什么了，不知道问题的主旨在哪里了。"

"天啊，可千万别让她再说什么了，我也受不了了。"爱姆婶婶心烦地叫道。

但是那个女人开口了就没有停下来的意思，而且不管别人说什么，她还是继续着自己的话，尽管车里的人们都已经不再倾听她说什么了，但是她嘴里还在喋喋不休地说着话。

"我想，只要我们能耐心地听下去，肯定能从他们的话里听到些什么的。"魔法师说。

"我受不了了，赶快离开这里吧。"多萝茜说道，"我以前还只是听说过啰唆人，今天总算是见识了，我可实在是一分钟都不想多待下去了，我们赶紧离开这里吧。"

"是的，我也这样觉得，"亨利叔叔说，"在这里只是浪费时间而已。"

"我也觉得，"邋遢人双手堵着耳朵，"我们应该赶快离开这里。"他都坐不住了，真想跳下马车跑出去。

于是魔法师对着锯木马说了一声，锯木马快步离开这座城市，很快来到了一片空地上。多萝茜心有余悸地回头看了一眼，发现那个女人还在那里长篇大论地说着，就算是没有人听她说，她自己也说得津津有味。

"如果这些人都当作家的话，"奥姆比笑着说，"整个图书馆恐怕都放不下他们的书了。"

"他们当中确实有人出过书，"魔法师说，"我曾经读过几本，也许就出自啰唆城人之手。"

"我看一些大学里的教授和教育专家大概和这些人都沾亲带故，"邋遢人说，"还是奥兹国的法律更有约束力。因为这些说话不直接、表意不清楚的啰唆人都被送来了这里，免得其他人跟着受苦。"

多萝茜沉默不语，啰唆城的经历让她告诫自己，以后说话的时候一定要用最简洁的话表达自己的意思。

第二十三章
他们遇到了无谓担心人

他们很快就离开了啰唆城，马车在美丽的山谷中徜徉，平坦而宽阔的大路在前方延伸，车上的人一边聊天一边看风景，一点儿也不觉得疲倦。不久，另一座城出现在他们面前。这座城看起来比啰唆城更大一些，远远看上去没那么漂亮。

"我想这一定是无谓担心城，"魔法师说，"你们瞧，我们只要走对了路，找一个地方一点儿都不费力。"

"无谓担心城到底是什么样的呢？"多萝茜问道。

"我也不知道，亲爱的，"魔法师说，"奥兹玛公主创建了这座城市，她把所有无谓担心人送到这里，所以这里的人才会多起来。"

"确实如此，"奥姆比说，"这里和啰唆人城都是奥兹国的领地。"

他们走近了，发现这座城不是建立在山谷中，而是建在山顶上。通向那里的路一圈圈盘旋而上，远远望去就像是一个螺丝钉，不过这条路修筑得很平坦开阔，所以他们上山是不费力的。

"停下，停下，"忽然有人大叫道，"停下，你们要压到我的孩子了。"

大家循声望去，看见一个女人站在马路中央，挥舞着双手，让锯木马停下来，目光特别焦急和恳切。

"我想知道你的孩子在哪里？"锯木马问。

"他在我们的屋子里。"女人开始哭起来，"可是如果他刚刚在这条路上，就已经被你们压成肉泥了。啊，我的天啊，啊，天啊，太可怕了，我一想到我的小宝宝有可能被你们压到，我的心都快碎了。"

"赶紧走，锯木马。"魔法师说道。锯木马赶紧跑起来。

他们刚刚走了没多远，看见一个房子里奔出来一个男人，他边跑边喊："救命啊！救命啊！"

锯木马来了个急刹车，亨利叔叔、邋遢人、魔法师和奥姆比一起跳下马车，都朝那个奔跑的男人跑去，多萝茜也尽力跑过去。

"发生什么事了？先生！"魔法师焦急地问。

"救命，救救我的妻子，"那个男人带着哭腔说道，"我妻子的手指被切掉了，现在流血不止，要死掉了。"

说完他转身跑进屋子里去，大家都跟过去，他们确实看见了一个女人坐在那里呻吟，看起来非常痛苦。

"别担心，夫人，"魔法师说，"你虽然砍掉了手指，但不会因为这个就死掉的，我敢保证这一点。"

"可我的手指并没有被砍掉。"女人哽咽着说。

"那是怎么回事？发生了什么？"多萝茜问道。

"我——我在缝衣服的时候，手指被针扎了一下，现在——现在都流血了。"女人哽咽着，"要是我中了毒，医生肯定会砍掉我的手指，然后我将会发烧，最后我将会死掉。"

"哼，针扎一下也会死的话，我早就死了八百回了。"多萝茜愤愤地说。

"真的不会死吗？"女人用衣角擦了一下眼睛，疑惑地问多萝茜。

"当然了，"多萝茜说，"你只是自己吓自己罢了。"

"哦，我明白了，"魔法师说，"他们都是无谓担心人，所以才会如此小题大做。"

"哦，原来如此，现在我也知道这些无谓担心人是什么样了。"多萝茜说。

"噢，呜呜呜！"女人又开始哭泣。

"喂，我说，你又哭什么？"遢遢人不耐烦地问道。

"哦，我刚刚想，所幸我扎的是手，万一是脚的话，那医生要是砍掉我的脚，我就变成瘸子了。"女人说着又开始哭起来。

"确实如此，"魔法师说，"夫人，万一你扎了鼻子，医生可能会砍掉你的头，那时候你可能就不复存在了。可是问题是，你没有扎到。"

"我担心我可能会的。"她大哭了起来，没人再跟她说话了。他们起身离开了她，坐上马车走了。那个女人的丈夫又开始在大街上喊救命，但似乎再没人出来救他了。

他们又来到了另一条街道，远远地看见一个人在街上焦急地走来走去，他们过去，问他发生了什么。

"我没办法入睡，"那个人说，"因为我无时无刻不为任何事担心。"

"你都担心些什么呢？"奥姆比问。

"比如说，我要是睡觉的话，"那个人想象着，"我就得闭上我的眼睛，可是我闭上眼的话，万一我的上下眼皮长在一起，我就成一辈子的盲人了，那岂不是太可怕了！"

"那你看见有谁因为睡觉眼皮长在一起了吗？"多萝茜问。

"那倒没有，"那个人回答，"我真的没有看到过，但是万一就在我身上发生这样的事情呢？那岂不是太可悲了，所以我怎么能安心睡觉呢？"

"唉，这件事没有办法了。"魔法师说。然后他们继续向前走。

快走到下一个路口的时候，一个女人忽然跑出来，怀里抱着孩子，拦住了他们，口里喊道："救救我的孩子，快救救我的孩子！"

"他怎么了？"多萝茜问道，那个宝宝似乎睡着了。

"他有麻烦了，"女人焦急地说，"如果我抱着他回到家里，万一我不小心把他从窗口掉下去，他会滚到山脚下，然后被那里的老虎、狗熊、狮子吃掉的，他们会吃掉我的宝贝，我的心肝宝贝。"

"可是，我们怎么没听说这里有猛兽呢？"魔法师问。

"我也没有听说过，"那个女人说，"但是万一它们从别的地方忽然跑过来呢……"

"那你为什么会让孩子从窗口掉下去呢？"魔法师问。

"我不会的，但是我怕，我只是怕……"她嗫嚅着。

"你看，你都不知道会不会发生的事情，为什么还要担心。"魔法师说，"如果你不是一个无谓担心人，你就不会这样了。"

"对，你也说了'如果'，"那女人问，"你也是无谓担心人吗？"

"如果我一直在这里待着，我想有一天我可能也会变成一个无谓担心人的。"魔法师回答。

"你看，你又说'如果'。"那女人非常激动地说。

魔法师没有心情和她说下去了，他命令锯木马小跑着下山。马车离开无谓担心城有一段距离后，大家才安心下来。

他们一路上都沉默不语。又走出了很远后，多萝茜问魔法师："真的是这些'如果'使得这些人变成这样的吗？"

"我想大概是这样，"魔法师思索着，"莫名的担心，无用的多虑，再加上紧绷着的神经和这些'如果'，过不了多久，谁都会变成无谓担心人。"

大家又都沉默了，每个人都在想着关于无谓担心人的事情，每个人都在心里默默地劝诫自己一定不要太过多虑。

过了一会儿，他们视野所及都是紫色的稻田，这是吉利金领地的特点，他们以为接近吉利金人的领地了，可锯木马爬上一个山坡后，面前又出现了金黄色。

"哈哈，"奥姆比说，"这里就是温基人的领地了，我们已经到了温基的边界。"

"太好了，午餐我们可以和铁皮人一起吃了。"魔法师开心地说。

"什么？我们又要吃铁皮了吗？"爱姆婶婶问道。

"哦，不，不是的，爱姆婶婶，"多萝茜说，"这里的统治者叫尼克·乔伯，他是个铁皮人，他知道我们爱吃什么，也会很好地款待我们。放心吧，我和他是最好的朋友。"

"尼克·乔伯是铁皮人的名字吗？"亨利叔叔问。

"当然，虽然他还有别的名字，"多萝茜说，"他还是温基人的皇帝，他是这里的领导者，但是他归奥兹玛领导。"

"那么这个铁皮城堡里，有没有无谓担心人和啰唆人？"爱姆婶婶心有余悸地问。

"不会有的，放心吧，"多萝茜说，"他的铁皮城堡里，都是最可爱的百姓，而且他们都是很善良的人。"

"铁皮不会生锈吗？"亨利叔叔担心地问。

"怎么会呢，他是皇帝，会有很多人跟着他，服侍他，"魔法师说，"他的百姓不知道有多爱戴这位皇帝，每天为能为他做一点儿事而高兴不已。所以，铁皮城堡里，任何时候都一尘不染。"

"哦，我想此刻他们一定在忙着为皇帝擦铁皮。"爱姆婶婶说。

"这是自然，不过，我听说前不久他镀了一层镍，"魔法师说，"所以他不会轻易生锈的，只不过每天需要稍做擦拭就可以了。现在他可是全世界最亮的人了，而且他有一颗最好的心。"

"还是我找到他的呢，"多萝茜回忆着，"那一次我和稻草人还有托托在森林里遇见了生锈的铁皮人，是我们救了他。然后他说想得到一颗心，就跟着我们来奥兹国找最伟大的魔法师奥兹。"

"可是，那时候魔法师不是吓着你们了吗？"爱姆婶婶记起来多萝茜对她讲过的事。

"是的，第一次见到魔法师的时候，他对我们特别坏，"多萝茜说，"他还让我们去消灭西方恶女巫，可是后来我们回来之后发现了他的骗术，就不怕他了。"

提及当年的糗事，魔法师非常尴尬，不由得低下了头。

"当年的事真是惭愧，"他说，"不过我正在努力变成一个真正的魔法师。好女巫格琳达是我的师傅，我正在用心参透魔法的内涵，真正的魔法是不害人的。"

"是的，其实你一直都是个善良的人，"多萝茜说，"即使当年你用骗术

蒙蔽人的时候，你也不坏。"

"嗯，是这样，他现在就已经是个真正的魔法师了，"爱姆婶婶大加赞叹，"手绢变成帐篷，这可不是一般的魔术能做到的，那简直妙极了。而且，马车能找到大路，不也是他的魔法的作用吗？"

"是啊，他是我们所有奥兹人的骄傲，"奥姆比说，"上次他制造的肥皂泡泡让好多人回到了自己的家。"

魔法师听了大家的赞美，觉得很开心，虽然他也有点害羞，但是不再尴尬了，又有了笑容。

现在马车已经来到了温基人的农舍，正是收获的季节，金黄的麦穗在阳光下自豪地摇晃着。田里有许多温基人在收割作物，每一处田野都欣欣向荣。

这些温基人都非常和善亲切，看到马车经过，他们都摘下帽子深深鞠躬。

过了一会儿，他们在阳光下看到点点刺眼的光亮。

"快看，"多萝茜兴奋地叫道，"那就是铁皮人的铁皮城堡。"

大家应声望去，远处的城堡在阳光下仍然耀眼夺目。锯木马知道大家心急，所以加快了脚步。

第二十四章
铁皮人报告一个坏消息

他们到了铁皮城堡，铁皮人热情周到地接待他们。可是多萝茜却发现铁皮人有心事，因为他不像平时看起来那么无忧无虑。

她最初没有追问，因为亨利叔叔和爱姆婶婶第一次来到这里，还没有对这个城堡称赞够，所以，她不想提一些煞风景的问题。

"稻草人呢？"多萝茜等到大家都被请到城堡大厅，锯木马被牵到马厩后，问道。

"他搬进了新家，"铁皮人说，"就在两天前，他住进了新房子，这房子可是耗费了他好多时间和精力。"

"我第一次听说这件事，"多萝茜说，"他为什么不住在翡翠城了？我们都知道，他一直是住在那里的，他在那里不开心吗？"

"也有可能是他真的不习惯城市的生活，"铁皮人说，"你知道，他就是在田野里被创造的，所以应该更喜欢乡下。"

"这个我知道，"多萝茜说，"还是我把他从竹竿上解救下来的，然后我

们一同前往奥兹国。"

"可能在翡翠城住了太久,他又开始想念农村了,"铁皮人说,"他还是觉得有属于自己的农场是最好的,所以奥兹玛公主就给他一块地,他自己建造了房子,搬去那里,开始了新生活。"

"谁帮他设计的房子?"邋遢人问道。

"我觉得应该是南瓜人杰克,他有这方面的天分,而且他也是农民。"铁皮人说。

不久,大家开始了午餐。

爱姆婶婶跟着多萝茜走了这么久,这里是让她最满意的地方,因为这里比多萝茜形容的还要好,铁皮人自己虽然不进食,但是却很细心地为大家准备了最为丰盛的午餐。

他们吃完午饭,就在城堡的花园里散步,度过了愉快的下午。甬道都是铁皮铺就的,到处擦得亮亮的,还有铁皮喷泉和铁皮雕塑。到处都是鲜花,而且他们还发现了一个大花床,这是铁皮人引以为傲的花床。

"你们知道的,花都有花期,有的花很容易凋谢,"他为大家讲解着,"而且像冬季就很少有花开放了,所以我让工匠们制作了这个铁皮花床,我们王国里都是能工巧匠,他们做的铁皮花跟真的简直一模一样。你们看,那是铁皮山茶花、铁皮金盏花、铁皮康乃馨、铁皮罂粟花、铁皮蜀葵花，是不是都很像真的？"

的确，大家都对这个大花床赞不绝口，这个花床似乎还散发着缕缕清香。

"但是，这种铁皮蜀葵能结出种子来吗？"魔法师问。

"哦，我还没想过这个问题，"铁皮人说，"我想应该能吧，我应该播种铁皮蜀葵，让它自己再长成一个大花床。"

于是他们又往前走，看见不远处有一个铁皮鱼池，好多铁皮鱼在清凉的池水中游来游去。

"它们会吃鱼饵吗？"爱姆婶婶有些好奇。

铁皮人听到这句话好像受了刺激，"太太，我养这些鱼不是为了给谁捕捉的，在我们这里，每一件制作出来的东西都是不能受到伤害的，如果谁伤害我的铁皮鱼，就像谁伤害了我的好朋友多萝茜一样，让我觉得不可原谅。"

"太太，你还不了解，这位铁皮人心肠特别好，"魔法师说道，"即使有个苍蝇停在他身上，他也不会像别人一样厌恶地赶走，而是请它去别的地方休息。"

"那么苍蝇会怎么做呢？"爱姆婶婶问道。

"苍蝇会请求他的原谅，然后飞走。"魔法师说，"其实苍蝇也一样喜欢被尊重，在奥兹国里，它们能听懂我们说的话，并且能够遵守规矩。"

"在堪萨斯州，苍蝇可是什么都不懂，"爱姆婶婶说，"看见它就得拍打它，这样才能让它守点规矩，蚊子也是这样。这里也有蚊子吗？"

"这里的蚊子很大，唱歌跟小鸟差不多，"铁皮人说，"它们可从来不去打扰人们，并别提吸血了，因为它们能得到专门的喂养和照顾。在堪萨斯州，它们之所以咬人，那是因为它们太饿了，饿得不得不去咬人。这些可怜的小东西。"

"嗯，是的，"爱姆婶婶说，"它们是饿了，所以到处乱咬，它们不太在乎谁喂它们。但是我很开心你们这里的蚊子竟然能懂得规矩。"

后来，大家就共进晚餐。晚餐过后，皇家乐队开始演奏，铁皮乐队给大家演奏了几支好听的曲子，魔法师也表演了魔术给大家观看。接着大家回到自己的房里，大家都太累了，美美地睡了一觉。

早餐过后，多萝茜问铁皮人："稻草人的新家在哪里？你能告诉我们怎么去吗？"

"当然，我带你们去，"铁皮人说，"因为我今天必须得去翡翠城一趟。"

说这话的时候，他一副忧心忡忡的样子，多萝茜于是追问道："你去翡翠城干什么？是奥兹玛怎么了吗？"

"不是，还没到时候，"铁皮人忧郁地摇着头，"但是我想我应该告诉你一个坏消息了，亲爱的多萝茜，"

"快说，怎么了？"多萝茜有点着急。

"你还记得当年你和奥兹玛带着军队征服的矮子精国吗？"铁皮人问。

"记得，怎么能忘记呢？"多萝茜说。

"那你对那个矮子精国王还有印象吗？"铁皮人问道。

"有，很深刻。"多萝茜说。

"你们当时虽然打败了他，解放了埃夫国，并抢走了他的魔法腰带，"铁皮人说，"但是矮子精国王并不是真正的臣服，他一直想要报复奥兹玛公主，因此，他正命令他的士兵在死亡沙漠下面挖隧道，想要通过隧道突袭奥兹国的翡翠城，然后摧毁我们这里的一切。"

多萝茜听到这里，感到不寒而栗。

"奥兹玛知道这件事吗？"多萝茜问。

"当然，是她告诉我的。"

"她是怎么知道的？"

"她在魔法地图上看到了。"

"那就是了，"多萝茜说，"我早该知道是这样，那么，奥兹玛现在打算怎么办？"

"我不知道该怎么说。"铁皮人为难地说。

"我呸，"黄母鸡说，"怕什么地下矮子精，上次我们用鸡蛋就把他们吓跑了，这次也可以用鸡蛋攻击他们，我那里有足够的鸡蛋。他们很快就会滚回到他们自己的家里了。"

"说得对，就这么办，"多萝茜应和道，"上次稻草人用比莉娜的鸡蛋就打败了地下矮子精的全部军队，现在我们还怕他们吗？"

"但是这次没那么简单，老奸巨猾的红烟火王知道矮子精不是我们的对手，所以请了许多恶鬼来助威，那些恶鬼巨大的破坏力是不可想象的，矮子精国王派他们当先锋，等他们把咱们打败之后，矮子精国王再来征服百姓。"

大家听了这番话，都沉默不语了，这是一个惊心动魄的消息，实在太让人发愁了。

"隧道挖好了吗？"多萝茜问。

"奥兹玛昨天说，隧道就剩下最后一层土了，敌人只要挖掉这层土，就来到王宫的后花园了，那是翡翠城的中心。我想让我的军队去帮忙，但是奥兹玛不同意。"

"为什么？她为什么不同意？"多萝茜惊呼道。

"她说她不想用战争来解决问题，而且这次就算全体奥兹人合起来也不是恶鬼们的对手。"

"但是如果不抵抗，矮子精国就会带着这些恶鬼俘虏我们，奴役我们，还要霸占和抢夺我们美丽的国家。"魔法师不安地说。

"我想结局就是这样，"铁皮人悲伤地说，"而且，我还担心你们几位受到伤害，毕竟你们都不会魔法。我怕你们到时候会有性命之忧。"

"那到底该怎么办呢？"多萝茜此刻真的有点害怕这件事的结果正如铁皮人所说。

"我们想不到该怎么办。"铁皮人愁眉苦脸地说，"既然奥兹玛不让我的军队进城，我只能独自一人前往，至少我能跟我所拥戴的女王同生死、共患难。"

第二十五章
稻草人展露他的智慧

听到这个消息后，所有人都非常焦急地想要回到翡翠城去，与奥兹玛共同面对厄运，所以他们马上坐上马车，着急地往回赶。路上经过了稻草人的新家，他们决定跟稻草人商量一下。

铁皮人和多萝茜、魔法师他们坐在前排。

"稻草人具有全世界最聪明的脑子，"铁皮人说，"他总是在最关键的时候解决最棘手的问题，而且总能想到我们都想不到的办法，现在这个时候我们都应该去请教稻草人。"

"可是，稻草人知道奥兹国将要遭遇的麻烦吗？"奥姆比问。

"我也不清楚，将军，这个只能等见到他才知道。"铁皮人说。

"从前，我是一个无名小卒，"奥姆比说，"但是我作战很勇敢，这在和矮子精军队对垒的时候大家已经看到。后来女王把我升为司令以后，就一个士兵都没有了，所以，再没有人可以保护心爱的女王了。"

"确实如此，"魔法师说，"现在的军队只剩下将领，将领的责任就是指挥作战，而不是冲锋陷阵，我们没有士兵，所以我们没办法打仗。"

"那奥兹玛该怎么办？"多萝茜眼睛里含着眼泪低声说道，"她的整个王国要是真的毁于一旦，她可怎么办？我们都该怎么办？是不是我们现在可以用魔法腰带一起逃回堪萨斯州呢？我可以辛苦劳作去养活她，那样她就不会因为失去整个奥兹国而悲伤难过了。"

"你觉得在堪萨斯州，我这样的人可以找到工作吗？"铁皮人问。

"如果你身体是空的，那么罐头厂或许需要你，"亨利叔叔说，"可是，你也不需要工作，因为你不用吃、不用穿、不用睡，就算不工作也能养活自己。"

"我可没想到我自己，"铁皮人说，"我在想，我该怎么样能让多萝茜和奥兹玛过得舒服些。"

这时候，稻草人的新家已经出现在前方了，虽然大家仍然沉浸在悲伤之中，但是这些新鲜事物还是能让大家暂时缓解一下压力。多萝茜这时已经开始好奇了。

稻草人的新家是大麦穗形状的，每一颗麦粒都是金子做的。房子下面是一大块翡翠般的绿草地。房子顶部有一个翡翠做成的稻草人雕像，它伸出的手臂上站着用象牙雕塑的乌鸦，乌鸦的眼睛是红宝石做成的。房子的每一颗金麦粒都是一个窗子，四颗麦粒就是一个前门，现在你能想象这些

麦粒的大小了吧，这座麦穗的建筑共有五层大小，每一层都是一个大房间。

建筑周围都是翠绿的麦田，多萝茜觉得这里才最适合她的好朋友稻草人居住。

"他在这里应该非常自由和幸福，"多萝茜在心里想，"但如果奥兹国被摧毁了，恐怕这个地方也无法幸免。"

"是这样的，"铁皮人说，"就算是再辉煌的地方，如果遭遇战争，也会被夷为平地，我的铁皮城堡也不能幸免于难。"

"还有南瓜人杰克，"魔法师说，"他那个精心打造的家也会受到摧毁，还有环状甲虫教授的大学城，还有奥兹玛公主美丽的王宫，还有许许多多奥兹国的宝贵财富。"

"是的，只要那矮子精王国的铁蹄所踏过的地方，都将成为死亡荒漠。"奥姆比叹气地说着。

"欢迎你们，我亲爱的朋友们，"稻草人喜气洋洋地迎接大家，"多萝茜，你终于在奥兹国定居了，这样多好，以后我们可以经常见到了。咦？你们这是怎么了，一个个没精打采的。"

"看来他还没有接到消息。"铁皮人说。

"啊哈，铁皮人，你什么时候变得如此忧伤，我觉得任何消息都不会让我沮丧。"稻草人说。

于是，铁皮人尼克·乔伯就把矮子精国王与恶鬼结盟，并挖通隧道，准备随时攻占奥兹的消息告诉了稻草人。

"哦？"稻草人说，"看来这件事确实对我们大家有点不利，对我们的女王也是一种威胁，但是事情还没有发生，也没有结果，为什么诸位就已经垂头丧气了，难道就认为我们一定会失败吗？等我们真的被打败，被奴役，那个时候再难过也来得及，所以我们还是享受这几个小时的快乐吧。"

"啊，的确是最聪明的人，"邋遢人说，"能快乐时且快乐，这才是聪明人的做法，等我们真的被打败，成为别人的奴隶了，那个时候再回想，就会觉得这几个小时太浪费了，我们应该珍惜这短暂的快乐时光。"

"这就对了，"稻草人说，"等我们玩够了，就一起去翡翠城为奥兹玛公

主排忧解难。"

"她已经决定了不抵抗，她不同意战争。"铁皮人说。

"看来她还是最明智的，"稻草人说，"即便如此，我们也应该在大难来临之前和奥兹玛站在一起，这才是朋友的意义。"

然后他带着大家参观他的新家，请他们一层层参观他的新房子。第一层是个大型接待室，角落里有一架大手摇风琴。无疑这是稻草人一个人时休闲娱乐用的。墙上都是白绸垂帘，上面用黑宝石拼合成一只只乌鸦，还有几把椅子是乌鸦的形状，上面的坐垫却是成熟小麦的颜色。

第二层是宴请宾客用的宴会厅，再上去就是卧室，装潢布置都别具匠心。

"我的每一个房间都可以看见麦田的风景，"稻草人满足地说，"我打理的麦子都很肥壮，我把它们看作是我的军队，因为它们颗颗饱满。虽然它们不能跟我作战，但是我无所谓。因为我的农场可以和任何一个农场相媲美。"

大家参观完稻草人的新家，匆匆吃过茶点之后，便赶紧坐上马车回翡翠城了。稻草人坐在奥姆比和邋遢人中间，他并没有什么重量，因为稻草填塞的他本身就没什么分量。

"你们看，这片燕麦这是我特意培育的，"稻草人说，"因为我发现，当我身体里的稻草发霉或者受潮，最好的替代物是燕麦秆。"

"你自己可以替自己更换稻草吗？"爱姆婶婶问，"当你把那些东西掏出来的时候，你不是只剩下件衣服了吗？"

"这是个问题，太太，"稻草人说，"的确不是我自己做这些，我的仆人会为我做这一切，但是我聪明的脑袋不用填塞，只需要在我的脸上重新勾勒出要褪色的部分就可以了。"

他们走出没多远，就看见南瓜人杰克的农场。南瓜人杰克有一大片南瓜田，当亨利叔叔和爱姆婶婶看到这片农场时，他们很快就记住了这里。

这里的南瓜有的巨大无比，其中一个最大的，里面镂空了，南瓜人杰克就住在里面，对于他来讲，那是一个舒服的所在，他之所以种植南瓜田，就是因为他要经常更坏发霉变坏的脑袋。

南瓜人开心地迎接他的朋友们，并请他们吃他精心制作的南瓜馅饼。

"我是不吃这些的。因为，"他说，"一是我不能吃自己的肉；二是因为我压根就不需要这些，因为我的肚子本来就是空的。"

"说得对极了。"稻草人赞同地说。

于是他们也把奥兹玛遇到的困难说了一遍，南瓜人杰克也要求跟大家一起去翡翠城与女王共患难。

"我以为我可以一个人在这里与世无争地，平平淡淡地一辈子、两辈子甚至更长久地过下去，"杰克有点担心地说，"但是矮子精国王此举，是一定要摧毁我们所有的平静和幸福了，这件事实在太让人难以接受了，不是吗？"

于是他们又启程了，锯木马飞也似的在平坦的大路上飞奔，天还没有黑，他们就到达了翡翠城。

第二十六章
奥兹玛公主反对战争

他们在后花园找到了奥兹玛公主，她正在那里采摘鲜花，看到老朋友们，她眼含笑意，开心地迎接。

多萝茜拥抱着奥兹玛，她眼睛里已经含着眼泪了。她低声说："哦，奥兹玛，奥兹玛，你没事吧，亲爱的，我真的很担心。"

奥兹玛很吃惊地看着多萝茜。

"你是怎么了，亲爱的？发生了什么事？"奥兹玛问道。

"矮子精国王的事啊，我们都知道了。"多萝茜回答。

"哈哈，"奥兹玛发出开心的大笑，"哎，亲爱的，吓死我了，还以为你怎么了，这算什么烦恼啊，"她说着看了一下周围每一个朋友的苦瓜脸，又说，"难道你们都在为这件事发愁吗？"

"当然，陛下。"所有人同时回答。

"好吧，我承认，或许结果会比我想象的糟糕，"奥兹玛坦诚地说，"但是我还没有花更多的心思去想这件事，等我们吃完晚饭一起商量一下吧。"

他们回到自己的房间，洗漱干净，准备与奥兹玛共进晚餐。多萝茜穿上了她认为最漂亮的裙子，戴上她的小王冠，因为，她觉得这是她最后一次以公主的身份参加晚宴了。

其他人也都围在餐桌旁，尽管稻草人、铁皮人和南瓜人都不吃什么。以往他们都会在大家吃饭的时候找出一些有趣的话题，为大家解闷，但是今天他们心情沉重，不知道说些什么，也怕万一说错话，让大家都不开心，所以一直沉默着。

吃完晚饭，大家跟着奥兹玛来到魔法地图前。大家都准备好以后，稻草人首先打破沉默。

"现在，矮子精国王的隧道进展怎么样了？"他问。

"就在今天，已经完工了，"奥兹玛说，"现在他们就在我王宫的地下，矮子精和恶鬼现在跟我们只隔了一层土皮，当他们发起进攻的时候，很容易就能出现在我们面前了。"

"那些恶鬼都是些什么样的鬼？"稻草人继续问。

"他们是咆哮鬼、怪头鬼和幻象鬼，"奥兹玛说，"今天魔法地图告诉我，

矮子精国王红烟火王，已经派人通知他们来矮子精的地下广场集合了。"

"那就让我们看看他们现在都在做些什么吧。"铁皮人提议说。

奥兹玛公主正有此意，所以魔法地图上的风景隐去了，换成了矮子精红烟火王那个阴森可怖却又珠光宝气的地洞。

其他的几个人看到眼前的情景都不由得倒抽一口凉气。

此时的矮子精国王面前是怪头鬼王和咆哮鬼首领，围着他们的都是些凶神恶煞的将军，他们个个凶猛强悍，看起来表情狰狞，就连矮子精国王和老矮子精嘎夫都有些胆战心惊。

正在这时，一个更为可怕的恶鬼出现了，他就是幻象鬼天字第一号，他来了就直接坐到红烟火王的宝座上，旁若无人地指挥着他的军队，他要第一个冲进翡翠城。幻象鬼王现在是那个狗熊脑袋的长毛鬼形象，就连红烟火王都不知道幻象鬼王真身是什么样子的。

在魔法地图上还可以看到敌人的军队，一排排整齐地站在地洞里，那气势和阵仗让人毛骨悚然。成千上万个恶鬼站在那里，就等着一声令下，便风驰电掣地冲杀过来。

"认真听听，"奥兹玛说，"他们肯定在密谋着什么，让我们先听听。"

于是每个人都屏住呼吸，认真听着。

"现在，你们说隧道已经挖好了，是吗？"天字第一号用冷傲的语气说。

"是的，隧道已经完工了。"老矮子精谨慎小心地回答。

"那么，我们什么时候能到达翡翠城？"咆哮鬼王厉声问道。

"如果我们子夜出发，"红烟火王说，"天蒙蒙亮就能到翡翠城了，那个时候是绝佳的时机，所有奥兹人都在沉睡之中，我们可以在睡梦中俘虏他们，让他们成为我们的奴隶，随后我们要放火烧掉整个奥兹国，让那个可恶的仙境从此在地球上消失。"

"太棒了，"天字第一号说，"等我们的足迹走遍奥兹国，那里将完全是一片废墟。我们要抓到奥兹玛，让她成为我的奴隶。"

"你错了，她将是我的俘虏。"咆哮鬼咆哮着。

"等到时候我们再讨论这个问题吧。"红烟火王赶紧说，"现在争论为时尚早。我们是一个阵营的，不能为一点儿小事内讧，首先要做的是征服奥兹国，然后再谈怎么分配战利品，我一定会让大家满意。"

天字第一号阴险狡黠地笑着，随后说了一句："我带着我的幻象鬼大军打头阵，因为在这里没有谁能跟我匹敌。"

其他人也都清楚这个事实，也没人跟天字第一号争。于是，矮子精国王吩咐手下开始晚宴，众矮子精大军和众恶鬼大军吃吃喝喝，等待着时间的到来。

随后，奥兹玛隐去了魔法地图，使它又成为普通的风景。现在他们都知道了敌人的作战计划。于是她对朋友们说："看来，我们的敌人比我们想的要迅速，那么现在你们都是怎么想的呢？"

"现在才想起来召集军队，显然是来不及了。"铁皮人有点沮丧，"如果当时公主同意作战，我一定会率领军队前来，那样也可以在被敌人征服之前，挫挫他们的锐气。"

"蒙奇金人也很善战。"奥姆比说，"吉利金人也是。"

"但是我不想打仗，有战争就有伤害，"奥兹玛坚定地说，"我不希望在我的国土上有任何人受到伤害，也不希望世界生灵涂炭，不管他们是恶鬼还是矮子精，他们都是生命。所以我不希望打仗——哪怕是为了拯救我的王国。"

"你当然可以这样，可是别人未必这么想，就像矮子精国王，他现在铁了心要消灭奥兹国。"稻草人说，"他是不会有你这样的想法的，也不会停止他侵略的脚步。"

"可是，因为他做的事情不对，所以我们才不能像他一样。"奥兹玛公主坚持自己的决定。

"可是至少得保证咱们的安全。"邋遢人说。

"说得对，"奥兹玛说，"我就想找到一个办法，能够不打仗也能使大家都获得安全。"

其他的人都觉得这是痴人说梦，但是奥兹玛的命令他们也不敢违背，于是他们开始思考如何逃走的问题。

"那么，我们可不可以给敌人很多的金银财宝来使得他们停战呢？"南瓜人杰克说。

"不可以，因为他们觉得不用我们给，一样能从我这里拿走任何东西。"奥兹玛说。

"那我知道该怎么办了。"多萝茜说。

"说说看，亲爱的，或许那会是一个好办法。"奥兹玛鼓励她。

"我们一起利用魔法腰带逃往堪萨斯州吧，我们可以带些珠宝回到那里，在堪萨斯州变卖掉，还了亨利叔叔的贷款，然后我们住在农场里，大家一起开心地生活。"

"这是个好主意。"稻草人说。

"堪萨斯州确实也是个美丽的地方，我曾经去过那里。"邋遢人应和着。

"我也赞成这个计划，这是个非常好的主意。"铁皮人说。

"行不通，我不可能扔下我的国民不管，"奥兹玛坚决地说，"我怎么可以独自逃跑，留下百姓们承担残酷的命运。如果你们愿意，我倒是能够用魔法腰带把你们送到堪萨斯州去，然后我留下来跟我的臣民们一起面对被

奴役的命运。"

"说得对，"稻草人说，"我愿意留下来陪你。"

"那我也不走了。"铁皮人、邋遢人和南瓜人杰克也都异口同声地说，滴答人一直站在女王的身后，他从来没想过要离开女王半步。因为他觉得，没有奥兹国他就没有存在的意义。

"那么我呢，"多萝茜认真地说，"如果奥兹玛一定要跟她的人民同仇敌忾，作为奥兹国公主的我怎么可能一个人独自跑掉。这会让我一辈子无法原谅自己，所以我一定会陪着奥兹玛，哪怕成为奴隶。但是我想用魔法腰带把我的婶婶和叔叔送回到堪萨斯州去。"

"我们吗？"爱姆婶婶笑着说，"哦，亨利，你觉得呢？我们当了一辈子奴隶，托奥兹玛的福才过上几天幸福的生活，所以我们一定要留下来。或许我们运气好的话，就可以不战而胜了。你说呢，亨利？"

亨利叔叔使劲地点头表示赞同。

奥兹玛此时感到很欣慰。

"事情还没有到最后，大家先别急着失落。"奥兹玛说，"等明天敌人来的时候，我就等在禁泉出口，我要平心静气地跟他们谈谈，我感觉他们并没有想象的那么坏。"

"亲爱的，我不明白，这个泉为什么叫禁泉？"多萝茜问道。

"你不知道吗？"奥兹玛用惊讶的口气问。

"是的，我不清楚，"多萝茜说，"我第一次在王宫花园里看见它的时候，上面有个告示牌写着：禁止饮用此泉水。但是我从未问过为什么不能饮用，那泉水看起来很清澈、明亮，感觉一定很甘甜。"

"亲爱的，那可是全奥兹国最具危险性的东西，"奥兹玛说，"它是遗忘之泉。"

"那是什么？"多萝茜不解地问。

"就是谁要是不小心喝了这里面的水，就会忘掉之前的一切，就是失去记忆了。"奥兹玛认真地说。

"忘记自己的烦恼不是一件坏事，有时候旧事会很折磨人。"亨利叔叔说。

"是的，说得很对，"奥兹玛说，"但是它不仅仅让你忘记自己的烦恼，就算是好事也会一并忘得干干净净，包括自己是谁。"

"难道它会使人发疯吗？"多萝茜说。

"那倒不会，它只会使人忘记，"奥兹玛说，"从前有一次，哦，那是很多年以前的事情了，有一个暴君统治奥兹国，他的暴政让他自己和百姓们都很痛苦。于是好女巫格琳达就把禁泉放在这里，国王喝了这泉里的水，忘记了自己从前的一切，并且变得天真无邪，从此以后，他开始学习新的东西。善良的师傅给了他一颗善良的心，道德的师傅让他学会了道德。但是百姓们没有忘记他之前的暴政，所以就算是国王忘记了一切，百姓们还没有忘记，还是不能接受他。于是国王就让所有人都喝了禁泉的水，所有人都变得善良、聪明，所以奥兹国就变成了一个幸福安乐的国度。但是，国王害怕有人再次喝泉水，忘掉所学的一切，就在上面立了牌子，这个牌子已经在那放了几个世纪了。"

大家都沉浸在奥兹玛所讲的这个故事里，他们想着这禁泉的魔力，沉思不语。

最后，一丝笑意在稻草人的嘴角漾开，他的嘴巴已经咧到耳朵根了。

"这简直是及时雨，"稻草人开心地喊道，"我拥有全世界最聪明的大脑。"

"别忘了，当时可是我给你的脑子。"魔法师无比自豪地说。

"确实如此，"稻草人说，"你给我的脑子太了不起了，只要它动起来，就能想到好办法，现在我已经知道怎样拯救整个奥兹国了。"

"没有比这个消息更让人开心的了，"魔法师说，"因为我们从来没有任何时候比现在更需要帮助的了。"

"你是说你想到办法能使我们免受幻象鬼、咆哮鬼和怪头鬼的折磨吗？"多萝茜急切地问。

"当然，这是肯定的，"稻草人说，"亲爱的，我说的是真的。"

"那快说说，你要怎样救我们？"铁皮人叫道。

"不要着急，还没到时候，"稻草人说，"你们现在可以去床上安心睡觉，最好把战争这件事都忘掉，就像喝了遗忘之泉一样。我要跟奥兹玛商量一下，天亮的时候你们将看到，我们的敌人已经完全被打败，我们也已经拯救了我们的王国。"

大家听了，就都散开了，只剩下奥兹玛和稻草人两个人，但大家都知道，这一晚没人能够安心入眠。

"可是他只是一个稻草人啊，"多萝茜心里想，"谁敢保证他那螺丝和铁钉组成的脑子能真正想出一个办法，拯救整个国家呢？"

但是这种时刻，还能指望什么呢，她宁愿相信稻草人能够做到。

第二十七章
凶猛的敌军入侵奥兹国

午夜来临了，地下矮子精国王和恶鬼头子们已经等得有些不耐烦了，幻象鬼和咆哮鬼一直在为战俘争吵着，有一个怪头鬼看着嘎夫不顺眼，差点掐死了这个老矮子精，但是他们虽然吵闹，却没有真正打起来。钟声敲响十二下的时候，大家都整装待发，矮子精国王这才放下心来。

"好了，"天字第一号叫起来，"我们马上进军奥兹国。"

他的幻象鬼军队排成一排集合起来，最先冲向了隧道，向翡翠城奔去。天字第一号其实有自己的打算，他想先进去攻破城池，然后抢夺所有财产，杀光所有反抗的人，奴役剩余的人，接下来就是击退地下矮子精、咆哮鬼和怪头鬼们，统治奥兹国。他们觉得凭借他们的实力这是轻而易举可以办到的。

咆哮鬼紧随幻象鬼之后，他们是群恶鬼，咆哮鬼王一心只想抢劫财宝和杀掠百姓，虽然他有点惧怕天字第一号，但是他觉得凭借计谋，或许可以使得这个强大的对手成为手下败将，把所有奥兹国的财产都收入囊中。

从答应帮助矮子精国王那天起，他心里就知道，矮子精国只能获得个零头。

怪头鬼首领也带着他的怪头军进入了隧道，他在心里奸诈地谋划着要把咆哮鬼和幻象鬼一举歼灭，然后再征服整个奥兹国。他没有争夺先锋，是想坐享其成，回头再收拾矮子精，独自霸占所有的财产和奴隶。

最后，矮子精国王带着他的矮子精部队开进了隧道，他和嘎夫将军带领着五万多矮子精浩浩荡荡地走在自己挖的隧道里。

"我说嘎夫，"红烟火王说，"你看不出来吗？那些恶鬼根本就没想过是来帮助我们的，他们都各自有自己的打算。估计，还想着要征服我们呢。"

"我当然知道，陛下，"嘎夫奸诈地说，"但是他们的如意算盘打得太早了。只要魔法腰带一到手，咱们就让他们统统回他们的老家去。"

"好主意。"红烟火王说，"咱们就这么办，等到他们跟奥兹国作战时，我们就赶紧找到魔法腰带，然后把他们都送回去，只留下我们矮子精军队，这里就都是我们的了。"

各揣心思的敌军，只有在征服和统治奥兹国这件事上是一致的，他们都想要成为奥兹国的统治者。

浩大的侵略者轰轰烈烈开进隧道，把整个隧道挤得满满的。他们兴奋、激动地前进着，带着必胜的信念接近翡翠城。

"现在，奥兹国就是我的啦，"天字第一号想，"没人可以解救他们了，我就是统治者。"他兴奋地嗷嗷地叫着，让他的队伍加快脚步，他的狗熊脑袋变得更大了。

"翡翠城现在名存实亡了！"咆哮鬼王一边摇晃着他的大棒子，一边高声喊道。

"过不了多久，奥兹国就完全变成沙漠了。"怪头鬼的首领狞笑着。

"嘎夫，我的将军，"红烟火王说，"我的计划马上就实现了，想到能够复仇，我心里别提多快乐了。最好那个多萝茜也在，一起把她们抓来。"

"陛下，你一定会成功的，"老矮子精说，"奥兹玛这次算是完了。"

这时，走在最前面的幻象鬼天字第一号开始不停地咳嗽，并不住地打喷嚏。

"该死的矮子精，"他骂道，"这隧道里粉尘也太多了，弄得我眼睛、鼻子、喉咙都干得要死，现在要是有点水就好了。"

咆哮鬼王也开始咳嗽起来。他们都觉得干渴无比。

"这是什么破地方，"他咆哮着，"等到了翡翠城，先找点水喝。"

"谁带着水呢？"怪头鬼王叫道，"渴死我了。"他一边喘着气，一边吼叫着。但是他们着急行军，根本就没有准备水。所以，他们都心急地要穿过隧道，好能喝到水。

"这些尘土都是哪里来的呢？"嘎夫问，他也想有点水喝，喉咙太干了，连咳嗽都费劲了。

"我哪里知道呢，"矮子精国王说，"我每天都来巡查，并没有发现这么多尘土，这是怎么回事呢？"

"那我们还是赶快出去吧，"嘎夫说，"等我们到了翡翠城，我宁愿用黄金换水喝。"

尘土越来越多，所有敌军都开始干咳，他们的鼻子、眼睛和喉咙都被尘土糊上了。但是却没有一个人想回头，因为越是这样，他们就越想赶快到达翡翠城，实现自己的计划。

第二十八章
他们喝了禁泉的水

奥兹玛公主这边，有几员大将是不需要睡觉的，如稻草人、铁皮人、滴答人和南瓜人杰克。他们就守候在禁泉边，一直到天亮，还不时地交谈着。

"看来，不会有什么让我失忆，"稻草人说，"因为我不需要喝水，也不需要吃任何东西。我很骄傲我是稻草人，而且我还有无人能企及的智慧。"

"你——的确——确——聪明，"滴答人表示同意，"而我——却只——能机——械地去——做一——些事情，但是我——也不想装作和你——一样聪明。"

"我只能说，我有一个明亮的脑子，"铁皮人说，"但是我不强求自己有多聪明，因为我觉得有时候太聪明的人会有很多烦恼。"

"我的脑子从来没给我带来烦恼，"南瓜人杰克说，"虽然我的脑袋里会出现好多思想，但是不容易有结果，我很开心是这样，因为如果我每天都要想好多事情，我就没时间去干别的了。"

他们一边聊天一边注意着时间，当天空出现第一抹鱼肚白的时候，奥兹玛公主也来了，她看起来和往常一样美丽、优雅、自然而端庄，穿着一身典雅的长袍，精致异常。

"他们还没到，"稻草人道过早安后说，"你不用来这么早的，美丽的陛下。"

"我刚刚看了魔法地图，"奥兹玛说，"他们就该到了，他们已经在隧道里咳得要命，也都快渴死了。"

"哦？隧道里有很多沙尘吗？"铁皮人惊奇地问。

"当然，那是奥兹玛的魔法腰带起了作用。"稻草人哈哈大笑着说。

接着来的是多萝茜和亨利叔叔、爱姆婶婶。多萝茜昨晚失眠了，因为她无法预知今天会怎样，托托也比平时老实多了，一声不吭地跟在多萝茜的脚边。比莉娜一会儿也走过来了，她也不像平常那样叽叽喳喳老远就打招呼了。

魔法师和邋遢人一起来到禁泉边，奥姆比将军今天盛装出现。

"这里就是隧道口，"奥兹玛指着禁泉前面的地面说，"他们马上就要从这里冲出来，我们必须得先站到另一边去，不然会被伤到的。"

大家刚刚按照奥兹玛说的那样站好，抬眼看着禁泉这边的地面，只听哗啦一声，地面裂开了，幻象鬼天字第一号的可怕身影第一个冲出来，接着，他身后冒出一堆堆的幻象鬼士兵。

天字第一号还来不及打量四周，就发现了汩汩流动的清澈泉水，他发疯似的扑向那里，咕咚咕咚地使劲喝起来。其他幻象鬼看见大王在那里喝水，也都迫不及待地趴在池边喝起水来。他们的喉咙都快干裂了，清凉的泉水让他们如遇甘霖。等到喝饱之后，禁泉这边站着的人们发现，幻象鬼们完全没了刚才的狰狞，他们互相对望着，脸上绽放出无比天真可爱的笑容。

天字第一号发现了奥兹玛，他不但没有疯狂地攻击她，反而被她的美貌惊呆了，眼睛里露出纯洁的赞美——现在他完全忘记了自己是谁，来这里干什么。

当所有幻象鬼都忘记了自己的过去，变成纯真、单纯的鬼时，咆哮鬼王咆哮着冲出来了，他没顾得上身边的幻象鬼，清泉的味道刺激着他的味蕾，他扑过去，整个脑袋都快浸泡在泉水里了。他贪婪地喝着禁泉水，其他咆哮鬼也学着大王的样子，把脑袋扎进了泉水里。还没等到咆哮鬼喝完，怪头鬼也到了，他们同样也不管三七二十一，直接跳到了禁泉水池里，肆意地喝着，灌着。他们的假头都被水浸泡得变了形，但是他们顾不上了，因为口渴的折磨让他们暂时忘掉了一切。

当矮子精军队上来的时候，嘎夫一眼看到泉水，国王也看到了，他们同时扑向禁泉，嘎夫太心急了，一下子把国王撞倒了，红烟火王还没来得及发火，嘎夫已经开始喝起水来。

红烟火王这一摔，又气又急，忘记了口渴，他从地上爬起来的时候，忽然看见了对面的奥兹玛和多萝茜他们，他不由得大叫起来："你们都站在那里做什么？为什么不去抓住他们，为什么不去攻打奥兹国？你们这些蠢货，你们难道是木头人吗？"

但是所有士兵，包括那老奸巨猾的老矮子精将军，现在都变成了纯洁的孩童，他们的眼睛里再没有奸诈和邪恶，只有纯洁和懵懂。他们不知道自己是谁，不知道面前的都是什么人，更不认识这个又蹦又跳的圆肚子小

矮子精是谁。

阳光暖和明亮地照耀着这里的一切，就连天字第一号这凶神恶煞的恶鬼，脸上都带着婴儿般的微笑，所有穷凶极恶的士兵都变得那般和气。他们的脸上都是幸福和满足。

只有矮子精国王一个人没有变化，他没有喝禁泉里的水，此刻新仇旧恨在心里熊熊燃烧，他看到嘎夫将军像一个老小孩一样比比画画，牙牙学语，还将小手放在清凉的泉水里翻起层层浪花。这一下激怒了红烟火王，他快疯了，他想命令他的矮子精大军赶紧从地道里出来捉拿奥兹玛和她的这群朋友们。

稻草人留意到红烟火王的举动，和铁皮人耳语了一句。他们俩就一齐奔着矮子精国王走过来，抓起他，把他扔进了禁泉水池。

矮子精国王圆滚滚的肚子在水里浮浮沉沉，他吓得半死，拼命地扑腾，水进入他的喉咙，他喝了几口下去，就把前尘往事都抛在脑后了。他现在也不知道自己是谁了。

奥兹玛和多萝茜看到了这一幕，所有的敌人都变成了手无缚鸡之力的婴孩，她们开心地笑了。奥兹国的危机就这样迎刃而解了。现在最大的问题就是这些变成婴儿的敌军怎么处置。

邋遢人担心矮子精国王溺死，把他从池里拉了出来，但是红烟火王现在用小细腿支撑着圆肚子，身上滴着水，还唧唧哇哇地用两只小手不停比画，还要去喝水。现在他对这里已经没有任何危害了。

他离开隧道前，曾经嘱咐他的五万大军在隧道里等候，他先上去看看友军的战果如何，如果差不多了，再让他们出去坐收渔翁之利，但是奥兹玛不希望这些矮子精登上她的国土。于是她走向红烟火王，摸着他的脑袋，轻声问道："你是谁啊，你从哪里来啊，叫什么？"

"不知道，"红烟火王懵懂地说，"那你是谁啊？美丽的人。"

"我啊，我是奥兹玛公主啊，"她说，"你的名字叫红烟火王。"

"哦，我的名字挺好的呢。"他显然很开心。

"是的，你还是地下矮子精国王。"奥兹玛温柔地说。

"哦？地下矮子精是什么？我为什么是他们的国王？"红烟火王根本就听不懂奥兹玛在说什么。

"矮子精啊，就是地下的小妖精们，现在他们都在隧道里等着你的命令，"奥兹玛耐心地解释道，"你在隧道那头有个王国，那是你的地洞，因此，你必须带着你的矮子精们回到那里去。现在你要对他们说让他们带你回家，这样你就可以回到你美丽的地洞里去了。"

矮子精国王听到了这个消息非常开心，因为他根本不知道自己还有个地洞。于是他按照奥兹玛教他的话，去跟地洞里的矮子精们下了命令。矮子精们都十分遵从他的命令，他发现了这一点，非常开心，于是笑哈哈地跟着士兵们走了。

邋遢人把嘎夫将军从池边拉起来，让他跟矮子精国王回到自己的地洞里去，说那才是他的家，于是嘎夫顺从地跟着队伍走了。自此，所有矮子精都从奥兹国的领地消失了。

但是一大群幻象鬼、咆哮鬼还有怪头鬼，还在池边围着，他们推推搡操，都快把花园踏平了。他们现在完全没有了昔日的威风，完全就是些孩子了，做着跟孩子一样的游戏。

奥兹玛公主和稻草人商量一番，派奥姆比将军去把魔法腰带取来。

魔法腰带一到，奥兹玛公主就把它束在腰间。口中说道："把这里所有的鬼怪，幻象鬼、咆哮鬼和怪头鬼，统统送回到他们的家乡吧。"话音刚落，所有鬼怪都消失了。后花园除了被踩踏的花草，其他的一点儿都没有变化。

第二十九章

格琳达念了魔咒

"这真是一场没有硝烟的战争。"当太阳升起来的时候，所有的朋友欢聚一堂，奥兹玛感叹着，大家都觉得无比欣慰。

"是啊，没有一个人为此受伤。"魔法师开心地说。

"我们也没有受到一点儿伤害。"爱姆婶婶也很兴奋。

"觉得最大的成功就是，"多萝茜感叹着，"恶人都不再作恶了，他们以后也会变得非常好。"

"说得对，我的公主，"邋遢人说，"我觉得这件事的成功，比挽救整个奥兹国更让人开心。"

"奥兹国现在一点儿危险都没有了，"稻草人说，"我现在也应该回到我的麦田去了，那里让我更快活。"

"我也很开心，我的南瓜田保住了。"南瓜人杰克说。

"是啊，"铁皮人开心地说，"我的铁皮城堡也没有被敌人破坏，真是太让我喜出望外了。"

"可是,"滴答人说,"我担心有一天,还会有别的敌人来攻击我们。"

"喂,机器人,"奥姆比说,"你怎么这么扫兴呢?"

"是发条让我这样的。"滴答人辩解道。

"滴答人是对的,"奥兹玛说,"这也是我一直担心的问题,今天我们打败了矮子精王国和他们的盟军,可是明天万一再有其他什么别的国家想要侵占我们,我们还得费心去对付。我原来以为我们住在死亡沙漠的中心,是那么的安全,就连多萝茜和魔法师也只能从空中飞过来,可是现在我听说有人发明了飞船,那是一种想要去哪里就能去哪里的工具。"

"不过有时候他们能飞到,有时候飞不到。"多萝茜说。

"但是总有一天,会有麻烦出现的,"奥兹玛公主说,"一旦飞船的技术被人类掌握,就一定会变得越来越先进、越来越发达的,到时候,越来越多的力量就会想着来破坏这里的美丽和祥和,我们将面临越来越多的烦恼。"

"确实是这样的。"魔法师说。

"沙漠现在对我们来说也不再是天然的屏障,"奥兹玛说着陷入了沉思,"约翰尼·杜伊特曾经还为多萝茜他们制造过沙漠飞舟,矮子精国王也能在沙漠下面挖条隧道。所以我觉得我们必须想办法与外界切断任何联系,使得这里真正不被别人知道。"

"那有什么办法做到吗?"稻草人问道。

"我现在还没想到办法,但是明天我将去好女巫格琳达那里,找她想想办法,看能不能让奥兹国从世人的视线里消失。"

"那我能跟你一起去吗?"多萝茜急切地问。

"好啊,你是我的公主,当然会带着你,如果我的朋友中谁还愿意去,我也一样会带着一起去的。"奥兹玛和善地说。

于是所有的人都希望能跟着奥兹玛同去,因为这确实是个重要的历史事件,奥兹国的未来关系着每个人的命运。奥兹玛吩咐侍从准备好马车和物品,他们明天就出发。

奥兹玛看了魔法地图,发现矮子精已经全部回到了地洞,于是她就用

魔法腰带封住了隧道，现在沙漠下面没有任何通道了，没有人知道这里曾经被挖出来一条隧道。

第二天清晨，他们开心地出发了，他们想到要去好女巫格琳达那里拜访，都非常开心。奥兹玛和多萝茜坐在胆小狮和饿虎拉的金车里，其他的人都坐在锯木马拉的红马车里。

他们一路上一边聊天，一边看风景，时间很快就过去了。他们来到格琳达的城堡时，格琳达已经在等候他们了。

"我在魔法记事簿里发现了你们的到来。"她热情和善地迎接他们。

"魔法记事簿？那是什么？"爱姆婶婶很好奇。

"那是一本记载着过去、现在和未来的一切要发生的事情的书，"女巫回答，"世界上任何地方、任何时候发生的任何事，它都会第一时间告诉我。"

"那你也知道我们是怎样战胜敌人的了？"多萝茜问。

"当然，亲爱的，这里面全都有记录。我还知道你们此刻来这里找我是为了什么。"格琳达笑着说。

"好吧，"奥兹玛说，"既然你已经知道我们此行的目的，那你肯定有办法帮助我们吧。"

"是的，我知道。你们还在路上的时候，我就已经想出了要如何帮助你们了。我也觉得，奥兹国这个仙境不应该被更多外面的人知道。多萝茜已经把她的叔叔、婶婶带到这里来了，再没有任何外界的事情没有了结了。今后，我们不必让任何外人不经允许来到这里，这样我们就能安心地住在这个世外桃源，安心平静地生活了。"

"好，就是这样，我就是期待这个结局。"奥兹玛说。

"可是，这样对我们自己不会有什么不好吧？"多萝茜说。

"当然不会，亲爱的，"格琳达说道，"和现在的生活没什么两样，甚至我们这里的一草一木都不会变化，我只想把奥兹国隐藏起来，但是对于我们，一切都还是原来的样子。无论从空中，还是沙漠的边缘，还是其他任何地方，整个奥兹国都完全看不见了，再也不会有人想要挖隧道来到这里，因为这里在任何人眼里都不复存在了。"

"那太好了,"多萝茜非常开心,"那你就快些让这一切实现吧。"

"已经实现了,"格琳达说,"其实,在你们来的路上,它就已经不被外人所见了。我从魔法记事簿里看到了奥兹玛的愿望,所以我提前做了这一切。"

奥兹玛感激地拉着格琳达好女巫的双手,久久没有放下。

她的心愿终于实现了。奥兹国将永远安宁和幸福,再不会被觊觎,也不会被打扰。

第三十章
奥兹国的故事结束了

多萝茜后来给奥兹国故事的作者用鹳鸟翅膀上的白羽毛写了一封信，内容如下：

以后你再也不会知道关于奥兹国的任何事情，因为我们现在过着

与世隔绝的生活，我们永远爱我们的世外桃源。你也始终是我所喜欢的朋友，我和托托都会记得你的。

多萝茜·盖尔

收到这封信的时候，我一时还难以接受。因为奥兹国是我所喜欢的一个地方，那里发生了太多我喜欢的故事。好在我已经为那些故事写了六本书，而且我知道的也已经足够了。这个国家，给了我新奇的感受、新奇的心情，还有新奇的灵感。

此刻，我只有在这里祝福多萝茜和她的那些好朋友，愿他们天天都开心快乐，在别人看不到的地方，快乐地成长！